Der
schwarze
Zaun

Manès Sperber

Der schwarze Zaun

Roman

Europaverlag
Wien · München · Zürich

Umschlag von Gerd Tiefner

Lektorat Peter Dempe

Medieninhaber Europaverlag GesmbH Wien

Hersteller Elbemühl Graphische Industrie GesmbH Wien
Verlags- und Herstellungsort Wien
Printed in Austria
ISBN 3-203-50963-6

Erstes Kapitel

Wie ein mit äußerster Wucht geschleudertes Wurfgeschoß traf der Wasserstrahl das linke Schulterblatt. Er zuckte zurück; er – das war ein hochgewachsener, magerer Körper, dem der Bauch aufgestülpt war wie ein der Länge nach halbiertes Rohr. Einen Augenblick später gab er die rechte Schulter dem kalten Wasser preis – der Arzt Albert Gerlan, ein Mann von achtundvierzig Jahren, dem sein Leib seit langem ein dümmlicher, lästiger Begleiter war: ein schwachsinniges Kind, das stetig alterte und niemals reifte, dessen Sein nur ein Pendeln war zwischen vordringlichem Verlangen und törichter Befriedigung. Manchmal unterbrach eine Krankheit diese eintönige Bewegung – oder ein überwältigendes Begehren, das einem Schmerz glich. Gerlan befriedigte ihm den Hunger und den Durst; er legte ihn zu einer Frau, wenn es notwendig wurde; er setzte ihn in einen bequemen Stuhl, wenn er müde war, und brachte ihn zu Bett, wenn er schlafen wollte.

Tastend suchte die rechte Hand den Hahn. Endlich rieselten dünne Strahlen warmen Wassers auf den kahlen Schädel, tropften auf die lange, schmale Nase und rannen tröstend über die schmerzenden Schultern. Wie ein schräg verzeichnetes V bot sich das Gesicht der Dusche dar, die brauenlosen Augen fest geschlossen, die schmalen Lippen des breiten Mundes auseinandergerissen. Diesmal genoß Albert die wohlige Wärme; denn der Kopf, den der zu lange Hals trug, das war er selbst.

Er bearbeitete mit der harten Bürste die gerötete Haut, als hätte die Frau, die im Zimmer nebenan lag, Spuren auf ihr hinterlassen. Ihm schien es, daß hinter dem Brausen des Wassers Töne hörbar wurden. Er hatte keine Zeit, sie zu erlauschen; er wollte fertig werden, ehe Elisabeth ins Badezimmer trat; sie fand es verletzend, daß er, statt neben ihr zu ruhen, unvermittelt aus ihren Armen ins Badezimmer floh, als wäre er – wie sie es ausdrückte – »in eine Mistgrube gefallen«.

Als er die Brause abstellte, unterschied er die Akkorde, die bald deutlich, bald gedämpft an sein Ohr drangen; sie kamen aus seinem Ordinationszimmer. Das Violinkonzert von Beethoven. Wer mochte die Platte gebracht und aufgelegt haben?

Er nahm den Bademantel um, suchte vergebens die Badeschuhe und trat schließlich barfuß ins Schlafzimmer. Elisabeth lag da, wie er sie verlassen hatte. Das tiefe Schwarz der aufgelösten Haare, welche die Wangen des kleinen Gesichts und die rundlichen Schultern bedeckten, brachte die rosige Helligkeit ihrer vollen Brüste zur Geltung. Die reife Frau kannte die Mittel ihrer Anziehung und vergaß nie, daß sie begrenzt waren. Es gab nur eine Lage, in der ihr Bauch nicht seine ganze ungewünschte Fülle verriet – diese hatte sie gewählt. Sie hielt die Schenkel gespreizt, die Sohle des rechten Fußes ruhte auf der linken Wade. Das Dreieck sollte den verführten Verführer von der kritischen Betrachtung der Schenkel ablenken.

Nur wenn sie nackt war, fühlte sich Elisabeth gegen alles Übel gefeit: gegen das Alter, gegen die Einsamkeit, gegen den Tod. In ihren Kleidern war sie eine Frau, die nicht selten älter aussah, als es ihren siebenunddreißig Jahren entsprach. Die Angst, nicht mehr begehrt zu werden, ließ sie in einem einzigen Augenblick altern. Die Mutlosigkeit verzerrte das Bild, darin sie sich selbst sah, und ließ sie wünschen, endlich wirklich alt zu sein. Nicht glücklich zu sein war unerträgliches Unglück für sie; sie warf die Schuld daran allen vor, die sie umgaben.

Die »triumphierende Venus« – Gerlan betrachtete die schlummernde Frau. Die Inszenierung, in der sie sich ihm darbot, war nicht lächerlich, nicht absurder als die Komödie des täglichen Lebens, in der ein jeder sich verhält, als ob er, er allein, die Hauptrolle spiele.

Dieser schwellende Leib mit dem breiten Becken und dem Busen einer jungen Mutter war unfruchtbar. Daran war Elisabeths erste Ehe gescheitert. Gerlan hatte sie vor Selbstvernichtung gerettet; sie pries ihn damals überall als einen einzigartigen Heilkünstler an. Doch er wußte, daß er sie nicht heilen konnte, und brach die Behandlung ab. Erst mehrere Jahre später wurde sie seine »Geliebte vom Lande«. In unregelmäßigen Abständen verließ sie ihr Dorf; der Abreise gingen lange Briefe, Anrufe und Telegramme voraus, die sie ankündigten, absagten, hinausschoben und dramatische Verwicklungen ahnen ließen, so daß die Ankunft schließlich überraschen mußte. Elisabeths Wagen legte die Entfernung, die ihr Gut von Gerlans Ordination trennte, mühelos in siebzig Minuten zurück.

Er beugte sich zu ihr hinab und wölbte die Hand um ihre Brust. »Jetzt betrügst du mich auch mit Beethoven«, sagte sie im Tonfall eines kleinen Mädchens.

Plötzlich stieg ein Verdacht in ihm auf. Er drehte sich um. Die Tür zum Ordinationszimmer stand offen, auf dem Tisch erblickte er zwei grüne Zettel neben dem Grammophon. Die Konzertbilletts. Also war seine Frau gekommen, um ihn abzuholen. Er wußte mit einem Mal genau, was geschehen war: Anna hatte mit Hella und Maria Besorgungen in der Stadt gemacht, nachher die Töchter allein heimfahren lassen und beschlossen, ihren Mann mit der Beethovenplatte zu überraschen und ihn auszuführen: zuerst in ein Restaurant, dann ins Konzert.

Es war Gerlans früh offenbarte Fähigkeit, die Leiden anderer zu empfinden, nicht selten ehe es den Leidenden recht ergriffen hatte. Dieses Geheimnis seines Wesens hatte Alberts Vater schon in dem Kind entdeckt; Anna, die es ahnte, verbarg es vor sich selbst; ihr war bange vor solcher Gabe, die ihr wie ein unheimliches und fast unanständiges Gebrechen erschien.

Während seine Augen den Hantierungen Elisabeths folgten, die sich träge ankleidete, begleitete er Anna durch die Gassen, die sie zum Fluß führten.

Ihre Qual war in ihm, der Schmerz des gekränkten Stolzes, der traurige Ekel, der sich mit der unbegründeten Gewißheit verband, daß sie absichtlich erniedrigt worden war.

»Mit wem gehst du ins Konzert?« fragte Elisabeth, ehe sie sich trennten.

Albert antwortete zu seiner eigenen Überraschung: »Ich verbringe den Abend mit Walter. Ich sehe ihn zu selten.«

»Hoffentlich wird das nicht zur Folge haben, daß ich wieder ein Bild von ihm kaufen muß; ich mag seine Malerei nicht; sie deprimiert mich wie ein Tête-à-tête mit meiner Mutter.«

»Vergiß nicht, daß seine Bilder eine gute Anlage sind.«

»Und in deinen Augen bin ich natürlich eine geldgierige Person«, rief sie verletzt aus.

Er schwieg, sie kannte seit langem seine Antwort; ihr war es unerträglich, irgend etwas zu verlieren. Um sicher zu sein, daß sie nicht verlor, suchte sie in allem den Gewinn. Daher verlor sie immerfort: Freunde, Angestellte, Bediente und selbst etwas von ihrem beträchtlichen Vermögen, das sie vergebens zu vermehren suchte.

»Eigentlich verachtest du mich«, sagte sie erbittert. »Und um dir eine bessere Meinung von mir zu geben, müßte ich mein Haus mit den Bildern eines unbegabten Künstlers, eines hemmungslosen Farbenklecksers, vollhängen.«

»Das müßtest du keineswegs«, begütigte er sie und fügte übertriebene Komplimente hinzu. Daher verzieh sie ihm wieder einmal all das, was er nie von ihr hätte denken dürfen.

Niemals unrecht zu tun ist unmöglich; aber man muß sich davor hüten, im eigenen Unrecht zu ertrinken, sagte sich Gerlan. Ihn, wie die meisten Menschen, lockte nie eine Übeltat; das wahrhaft Böse barg nicht die geringste Versuchung für ihn. Die Gefahr lauerte im Kleinen, in anscheinend unbeachtlichen Handlungen und Unterlassungen, in der Nachlässigkeit, im verschwenderischen Umgang mit der Zeit, die man jemanden auf einen Brief warten ließ: auf ein Zeichen der Ermutigung, auf ein einziges Wort, dessen Bedeutung der Empfänger überschätzen mußte, solange es ihn nicht erreicht hatte.

Der erfahrene Psychologe, dem es Beruf und Leidenschaft war zu helfen, glaubte nicht an einen Gott, ihn band kein ewiges Sittengesetz – er wollte nur der Forderung der eigenen Einsicht gerecht werden. Wie mit seinem Raubvogelgesicht und seinen Eulenaugen, wie mit seinem Bauch, der so lächerlich fehl am Platze war, so hatte sich Albert Gerlan mit seiner Unvollkommenheit abgefunden; war er nicht schuldbeladen, so fühlte er doch, daß er vielen vieles schuldig war. Man bleibt dem Nächsten zu fern, weil man sich selbst zu nahe bleibt – das glaubte er noch immer. Aber die Reife hatte ihm eine enttäuschende Erfahrung gebracht: daß er sich um sein eigenes Wesen immer weniger sorgte, vermehrte nicht seine Sorge um die anderen. Seit er eigenes Leid mit wachsender Gleichgültigkeit, wenn nicht gar mit spöttischer Mißachtung betrachtete, war ihm das Leiden anderer weniger unerträglich.

Wenn er es nur wollte, konnte er mit jedem Herzschlag die Qual mitempfinden, die in dieser Stunde Anna marterte, die sie die windigen Quais entlang trieb und ihr Gesicht versteinerte. In dieser Stunde wünschte sie den Tod herbei, aber sie würde ihn nicht suchen. Sie brauchte ihn nicht wirklich; denn der eigene Kummer tröstete sie, ohne daß sie dessen gewahr wurde; ihr Zorn band sie an das Leben, der Haß gegen ihren Mann und die weiße Fleischmasse auf seinem Bett – all das erzeugte neue Kräfte in ihr. Noch einige Stunden – und aus dem Ereignis würde sie den Weg zu den festen Zuständen ihres Seins zurückfinden; sie war die Mutter, ohne sie wären Hella und Maria keine Töchter mehr; ohne sie wäre das Haus kein Haus mehr. Dank ihr sproß jede Blume in ihrem Garten, jedes Blatt blühte und verwelkte am Platze, den sie ihm bestimmt hatte. Ihr Reich war von dieser Erde; sie selbst hatte es gegründet und ihm die Ordnung gegeben. Doch seit ihrer Kindheit zog es sie zum Fluß, jedes Mal, wenn äußerste Verzweiflung ihr vorspiegelte, daß Selbstzerstörung die einzig mögliche Vergeltung wäre.

Gerlan bremste vor dem roten Licht; er betrachtete die Fußgänger, die die Straße überquerten, besonders die ängstlichen unter ihnen: jene, die das Mißtrauen antrieb, und die anderen, welche die gleiche Besorgnis bei jedem Schritt zögern ließ.

Anna wird lange leben, sagte sich Gerlan. Sie ist unbesiegbar, weil sie ein Mensch der Zustände und nicht der Ereignisse ist. Sie braucht mich nicht.

Nur noch ein Stockwerk, zählte er. Atemlos erreichte er die Tür der Mansardenstube. Wahrscheinlich fiel es auch Walter nicht leicht, die sechs Treppen zu steigen; denn er war nicht jünger als er. Gerlan lehnte sich an die Wand, verschnaufte, ehe er klopfte. Nichts rührte sich, er klopfte immer stärker. Manchmal, gegen Abend, sobald das Tageslicht zu schwach geworden war, legte sich Walter hin und fiel unvermittelt in einen tiefen Schlaf, aus dem er kurz danach mit dem bedrückenden Gefühl eines unverzeihlichen Versäumnisses erwachte.

Von unten rief eine Frauenstimme: »Was ist denn los? Wer hämmert denn da oben wie verrückt?«

Gerlan beugte sich über das Geländer, spähte vergebens nach der Frau. Er antwortete: »Ich suche Herrn Dorten, Herrn Walter Dorten.«

»Der wohnt nicht mehr hier. Außerdem, was wollen Sie von ihm?«

Am Fuß der Treppe stieß er auf die Hausbesorgerin, die ihn mißtrauisch musterte: »Was wollen denn Sie von ihm?« wiederholte sie, noch immer sehr laut.

»Ich bin sein Freund. Ich habe seinerzeit die Mansarde für ihn gemietet.«

»Ja, das hätten Sie gleich sagen sollen«, meinte die Frau besänftigt. »Es ist halt schon dunkel, sonst hätte ich Sie vielleicht erkannt. Außerdem sind Sie ja fast nie gekommen. Da ist ein Brief für Sie und auch der Schlüsselbund. Alles zusammen sollte ich Ihnen am dreißigsten bringen.«

Er folgte ihr in die gute Stube. Walters Brief lautete:

Es hat ja doch keinen Sinn. Mach mit den Bildern und dem Rest, was Du willst. Mir ist nicht zu helfen.

W.

»Setzen Sie sich doch bitte auch und erzählen Sie alles genau«, sagte Gerlan. Er wußte, daß, was die Frau ihm mitzuteilen hatte, ein Urteil über ihn selbst enthalten mußte. Was immer geschehen war, seine Schuld war ihm gewiß.

»Na ja«, begann die Hausbesorgerin, »wir sind ja hier eigentlich ein hochherrschaftliches Haus. Nämlich, daß es keinen Aufzug gibt, das ist nur, weil das Haus schon so lange steht. Das heißt, daß der Herr Dorten eigentlich gar nicht hierher gehört hätte. Aber mir war er halt doch der liebste von allen Mietern. So ein stiller, freundlicher Mensch, aber halt leider nicht ganz beisammen . . . Also zuerst, wie ich seine Bilder gesehen habe beim Aufräumen, da habe ich mir gedacht, na ja, der kann's Malen noch nicht. Er hat noch nicht ausgelernt, und da wäre es vielleicht besser, er gibt es auf. Das war so bis vor einem Jahr, ich kann's sogar genau sagen, bis zum 19. Februar im vorigen Jahr.«

»Und was geschah am 19. Februar?«

»Damit Sie mich verstehen, Herr Doktor, da müssen Sie wissen, daß dahinter eine Geschichte ist, sozusagen mein eigenes Leben. Ich bin nämlich seinerzeit eine junge Witwe gewesen – auf einmal war die Galoppierende da, sie hat meinen Mann, er war damals viel älter als ich –, sie hat ihn in vier Wochen davongetragen, und ich bin mit dem Buben allein geblieben . . . Ja, aber warum erzähle ich Ihnen das alles?«

»Erzählen Sie alles ausführlich. Am Ende hat es sicher mit meinem Freund zu tun«, erwiderte Gerlan.

»Ich heiße Frau Molin, mein Sohn, der hat Kaspar Molin geheißen, Kasi habe ich ihn genannt . . . Ich sage das, weil Sie es vielleicht damals in der Zeitung gelesen haben. An einem 19. Februar – sieben Jahre ist es her und zwei Monate mit fünf Tagen –, da hat sich mein Kasi vom Dach auf die Gasse hinunter geworfen. Die Leute sagen, die Zeit heilt alle Wunden. Ich sage es ja selbst, und es ist auch wahr. Aber der Kasi, der ist ja alles gewesen, was ich im Leben gehabt hab. Immerfort hat er gekränkelt, wie er klein war. Da war keine Stunde, daß ich mich nicht hätte um ihn sorgen müssen. Und wie er größer wurde, da war er ein schöner junger Mann, da ist es über ihn gekommen, die Trauer nämlich. Nicht so eine Trauer, wie sie einen jeden anfällt nach einem Unglück. Grad umgekehrt. Das war so eine Trauer, die aus dem Nichts kommt und alles mit Unglück anfüllt . . . Glauben Sie mir, Herr Doktor, wenn der Kasi einen Vater gehabt hätte und eine Millionärin

zur Mutter, er hätt's nimmer besser haben können als bei mir. Das Haus hätte ich angezündet, wenn ihm das eine Freude gemacht hätte. Es ist ja wahr, ich habe oft die Nächte durchgeweint, weil er so unglücklich war und nichts wollte ihm helfen. Aber eigentlich, beklagen habe ich mich ja nicht können, solange er nur lebte, denn da hatte ich ja einen großen Sohn, der mich noch immer brauchte, wie wenn er ein kleines Kind gewesen wär ... Ich sage das nur, weil ich sehe, wie gut Sie zuhören und verstehen, nämlich damit Sie sich nicht irren sollen. Jetzt sorg ich also für den Herrn Berger, das ist der Nachtwächter vom großen Bürohaus. Er ist Kostgänger bei mir, er ißt sein Abendbrot, und das Frühstück nimmt er sich mit, außer heute, am Dienstag, da kegelt er mit seinen Freunden und kommt gar nicht her ... Also einmal, wie Ihr Freund gerade bei mir ist, sagt der Berger zu ihm: ›Wenn Sie ein großes Bild mit schönen Farben malen möchten und auf dem Bild soll die Lia Pelana drauf sein, ganz so wie im Film, daß ich mir das Bild über das Bett hängen kann ... ja‹, sagt der Berger, ›wenn Sie mir den Star zum Sprechen ähnlich machen täten, das möcht ich mir gerne was kosten lassen.‹ Der Maler war nicht böse, im Gegenteil, er lächelt und sagt sehr freundlich zu mir: ›Diese blöde Filmschauspielerin werde ich nicht malen, aber wenn Sie mir das Foto von Ihrem Sohn geben und dazu eine genaue Beschreibung seiner Haarfarbe und was man sonst auf dem Foto sieht, dann mache ich Ihnen sein Porträt, und Sie werden es zum 19. Februar über sein Bett hängen können zur Erinnerung.‹ Er hat Wort gehalten, und da sind mir die Augen aufgegangen, daß der arme Herr Dorten gestört ist.«

»Erklären Sie, wieso«, unterbrach Gerlan.

»Kommen Sie sich den Kasi anschauen, dann werden Sie es gleich selbst verstehen.« Sie führte ihn in das anstoßende Zimmer und schaltete das Licht an. Das Bild stellte einen schmächtigen jungen Mann dar, der mitten im Spaziergang haltgemacht hat, sich auf einen zierlichen Stock stützt und aus traurigen blauen Augen erwartungslos in die Ferne blickt. Mit den langen Fingern der Linken fährt er sich über die Stirn, über die kastanienbraunen Locken. Wie auf einem Plakat waren die Farben satt und scharf abgegrenzt.

»Jetzt verstehen Sie«, sagte Frau Molin, während sie Gerlan in die gute Stube zurückführte. »Daß einer schlecht arbeitet, weil er sein Fach nicht gut kann, das kommt überall vor. Wie mir aber der Herr Kunstmaler meinen Kasi gebracht hat, da hab ich gleich gesehen, daß er ein großer Künstler ist, aber wie gesagt, leider gestört.«

»Warum gestört?«

»Na hören Sie, das ist doch klar: Wenn einer die teure Leinwand und die Farben dazu benutzt, zwanzigmal die gleiche Brücke zu malen, die keiner erkennen könnt, und drüber einen Himmel, den noch nie ein Mensch gesehen hat, weil er nämlich gar nicht wahr ist, und Häuser, die der Wind schon längst weggeweht hätte, weil sie so schief sind, und wenn keine Farbe stimmt . . . Und all das macht er, wo er doch so schön und anständig malen könnt, wie er es mit dem Kasi getroffen hat. Und er könnte damit viel Geld verdienen, sogar bei den Parteien hier im Haus. So einer ist nicht normal ... Es sind ja anfangs bessere Herren zu ihm gekommen, aber mit einem Bild ist selten einer weggegangen. Und auch die elegante Dame ... Nach der hat sich der arme Herr Dorten die Augen ausgeschaut ... Gesagt hat er ja nichts, aber heruntergerannt ist er gekommen, um zweimal am Tag auf den Briefträger zu warten. Am letzten Tag des Monats, ja, da war ja Ihr Brief da mit dem Geld, aber letztens nur eine Postanweisung ohne Brief ... Wie oft habe ich ihm gesagt: ›Kommen S' herunter zu mir, wann Sie wollen. Der Teller Suppe macht mich nicht ärmer, und geschadet hat eine kräftige Brühe noch keinem.‹ Sie müssen wissen, Herr Doktor, also nichts für ungut, aber wie hätte das Geld reichen sollen, wo doch die Leinwand ein Vermögen kostet und das Öl und dazu noch die vielen Zigaretten. So hat er also angefangen, die Möbel zu verkaufen ... Am Montag voriger Woche, ich wollt grad hinauf zu ihm, ein bissl aufräumen, da kommt er herunter. Ich denk, er geht um die Ecke, Zigaretten und Streichhölzer kaufen, da sagt er zu mir: ›Leben Sie wohl, Frau Molin‹, er reicht mir die Hand und sagt: ›Ich komme nicht mehr zurück.‹ Und wie ich ihn frag, was denn das heißen soll, da gibt er mir den Brief, den Sie da halten, und die Schlüssel, die ich Ihnen am dreißigsten in die Ordination bringen und persönlich übergeben soll. Und er sagt ganz traurig: ›Das Lied ist aus‹, und er geht. Ich lauf ihm noch nach und ich rufe: ›Warten Sie, Herr Dorten, es regnet ja. Warten Sie wenigstens, bis es wieder aufhellt. Aber er, wo er doch immer so höflich war, nicht einmal umgedreht hat er sich. Die Hände in die Manteltaschen vergraben, den Kragen hochgeschlagen, so ist er losgezogen. An der Straßenecke ist er verschwunden, weg war er. Ich bin am Haustor stehengeblieben, ich habe noch die Glockenschläge von Sankt Stefan gezählt. Elf Uhr war es. Und da habe ich mir gesagt: Den armen Herrn Dorten, den siehst du dein Lebtag nicht wieder.«

Das Bett, ordentlich zugedeckt, stand in der Ecke, wo der Plafond sich senkte, unweit der Dachluke, durch die das letzte Licht des Tages in den großen Raum drang, den auch ein hohes schmales Fenster an seinem anderen Ende erhellte. Außer der Staffelei gab es einen Stuhl und einen alten Fauteuil, dessen Überzug alle Farbe verloren hatte. Über einem Stapel Bilder lag ein Zeichenbrett, das wohl als Tischplatte gedient hatte. Von den zahllosen Bildern, die in dichter Reihe an die Wand gelehnt standen, sah man nur den Rücken: die ordentliche Holzspannung, das grobe Gewebe der grauen Leinwand, eine Jahreszahl. Im Wandschrank fand Gerlan einen offenen Koffer, in dem die Pinsel lagen, Farbtuben und mehrere Paletten; daneben alte Filzpantoffeln; eine Schirmmütze hing über einem weißen Malkittel. In den Wäschefächern lag neben armseligen Hemden und Unterhosen ein Stoß Blätter – Skizzen und Kopien.

Frau Molin sagte: »Den guten Koffer, den ledernen, den hat er mitgenommen, zusammen mit dem neuen blauen Anzug und dem grauen und mit den Schuhen, dem seidenen Morgenrock und den Taschentüchern.«

Die Frau beobachtete aufmerksam Gerlan, der das Deckenlicht anschaltete, den Fauteuil an das Zeichenbrett schob und sich setzte. »Ich werde die Nacht hierbleiben«, sagte er. »Das Treppensteigen fällt mir schwer. Könnten Sie mir vom kleinen Café um die Ecke einen Sandwich, eine Flasche Bier und ein Kännchen Kaffee heraufbringen lassen? Ich werde dem Kellner ein gutes Trinkgeld geben. Und darf ich Sie bitten, bei mir zu Hause anzurufen, ich schreibe Ihnen die Nummer auf und was Sie sagen sollen, damit meine Familie sich nicht beunruhigt.«

»Aber gern, Herr Doktor, ich kann das alles besorgen, dazu brauchen wir keinen Kellner. Mir macht nämlich das Treppensteigen nichts aus.«

Sie kam bald wieder, sie hatte alles gut erledigt; auch Bettwäsche und ein Tischtuch brachte sie, den Kaffee wollte sie etwas später holen. Als sie wieder an der Tür stand, sagte Gerlan:

»Wenn es Ihnen nicht zu beschwerlich ist, bringen Sie bitte auch den ledernen Koffer mit herauf. Ohne die Anzüge und die anderen Sachen – die können Sie und Herr Berger ruhig behalten. Doch ist es wichtig, daß die Polizei weiß, daß er ohne Gepäck weggegangen ist.«

Die Frau starrte ihn an, kam etwas näher heran, aber es gelang ihr nicht, seinen Blick zu fangen.

»Das ist nicht wahr, daß ich . . . Ich bin eine ehrliche Witwe, wie kommen Sie eigentlich darauf . . . Am Ende sind Sie gar nicht der Doktor, sondern nur ein Detektiv vom Polizeipräsidium . . .«

»Lassen Sie, Frau Molin. Glauben Sie mir, ich habe volles Vertrauen zu Ihnen. Überdies ist es überall ein sinnvolles Gesetz, daß das Strandgut dem gehört, der es findet. Außer den Bildern und Zeichnungen können Sie haben, was Ihnen hier gefällt, und später auch den Koffer.«

»Ja, aber jetzt werden Sie glauben, daß ich eine Diebin bin, wo ich doch nur . . .«

»Nein, nein. Und dem Dorten sind Sie ein besserer Freund gewesen als ich.«

»Der Kaffee kocht schon seit langem, ich muß sofort hinunter, möcht aber doch wissen, wieso . . . Denn von einer Nachbarin können Sie das doch nicht erfahren haben.«

»Beruhigen Sie sich, Frau Molin, das alles hat gar keine Bedeutung.«

»Ja, aber wieso?«

»Ich bin schon seit langem kein richtiger Doktor mehr, sondern was man so einen Seelenarzt nennen könnte. Und das wichtigste in dem Fach ist es, aufmerksam zuzuhören. Und keiner kann lügen, ohne daß hinter seinen Worten die Wahrheit herausschaut.«

»Da sind Sie aber ein merkwürdiger Mensch, am Ende wissen Sie vielleicht alles.«

»Ich habe nicht gewußt, daß mein Freund zugrunde geht«, sagte Gerlan. »Nicht einmal das.«

Nach einigen Minuten war die Frau wieder da. Sie schenkte ihm den Kaffee ein, ehe sie den Koffer ordentlich im Wandschrank unterbrachte. Sie schwankte, ob sie wortlos das Zimmer verlassen sollte, immer wieder suchte sie den Blick des fremden Mannes, der beharrlich abgewandt blieb. Schließlich meinte sie:

»Ich weiß nicht, was das ist: Strandgut. Ich habe die paar Sachen genommen, weil . . . ja also, das hat mit meinem – mit dem Herrn Berger zu tun. Er ist nämlich jünger als ich.«

»Setzen Sie sich, Frau Molin, und erzählen Sie – aber nicht, als ob Sie sich verteidigen müßten; ich habe Ihnen nichts vorzuwerfen.«

Er hörte ihr lange zu und entließ sie erst, als sie sich zu wiederholen begann. Er wußte, daß auch sie diese Nacht lange schlaflos bleiben würde, erregt durch die eigene Geschichte, die ihr fortab ganz anders erscheinen mußte, da sie sie einem Fremden erzählt hatte. Während der nächsten Tage wird ihr das eigene Leben mit all seinen Zwischenfällen weniger selbstverständlich sein. Was sie aus ihrem eigenen Munde gehört hatte, war ihr natürlich auch vorher bekannt gewesen; aber nunmehr existierte es außerhalb ihres Inneren und drohte sie wie ein zu starkes Licht zu blenden, zu verwirren. Bisher hatte diese Frau nichts vom vermaledeiten Zauber gewußt, den Worte ausüben können, in welchen ein Wesen sich hemmungslos entblößt. Einige Tage lang wird sie sich selbst, Herrn Berger, die Möbel in ihrer ewig dunklen Wohnung und alle Gegenstände anders ansehen: als ob sie von jedem das wahre Gesicht erst entdecken müßte. Erst nach einiger Zeit wird jedes Ding wieder zu seiner früheren Gestalt zurückfinden, der Schatten wird mit dem Körper, der ihn wirft, wieder eins werden.

Schon während sie langsam, seltsam ermüdet, die Treppen hinunterging, begann sie die wenigen Fragen zu vergessen, mit denen Gerlan sie unterbrochen hatte. Deren Wirkung hatte sie erlebt, ohne sie zu erkennen; was ihr vorher als Schicksal erschienen war, stellte sich ihr nun als eigenes Tun dar, als Folge eigener Wünsche, Versäumnisse und Verirrungen.

Das erste Bild, das er aus dem Haufen griff, mochte eines jener Gemälde sein, die Frau Molins Zweifel an Walters Können und dann an seinem Verstand hervorgerufen hatten: eine ziegelrote Brücke über einem unsichtbaren Fluß, die zu einem Ufer führt, an dem weiße Häuser, schief wie vom Winde gepeitschte Wipfel, sich bis zur rot, grün, gelb leuchtenden Sonne erheben. Es gibt keinen Raum in diesem Bild. Alles, was Ausdehnung hat, ist Körper. Und alle Körper sind in einer steten Bewegung; sie jagen und werden gejagt.

Gerlan zählte achtzehn Bilder, die das gleiche Thema behandelten. Walter hatte Monate damit verbracht, eine Form zu suchen, die endlich dem gemäß sein würde, was er ausdrücken wollte. Wußte er wirklich, was er wollte? Mitten im Gewimmel der Menschen, die den kürzesten Weg zum Glück suchen, zur Liebe, zum Reichtum, zum Erfolg – mitten unter ihnen hatte Walter wie der Priester eines Gottes gelebt, den er erst erschaffen mußte und an den niemand, niemand glauben wollte.

Albert wußte, was ihn an diesen erfolglosen Maler band. Nicht weniger als die anderen ersehnte Walter den Erfolg. Doch selbst in den Stunden der Verzweiflung erlaubte er es sich nicht, den eigenen Pfad zu verlassen. Tage und Nächte hatte er vor seinen Bildern gesessen und sich gefragt: Und wenn ich mich irre? Wenn all das Dreck ist? Wenn ich kein Talent habe und das die Erklärung dafür ist, daß der Raum mir entschwindet, daß alles Körper wird und die Körper ihre eigentliche Gestalt verlieren?

»Es hat ja doch keinen Sinn« – Walter war vom Zweifel an seinem Tun überwältigt worden wie von einer tödlichen Krankheit, weil er zu lange ohne Widerhall geblieben war. Vorher hatte die Einsamkeit all seine Widerstandskraft verbraucht.

Wer allein lebt, glaubt, daß niemand außer ihm einsam ist. Gerlan, der täglich an die acht Stunden seinen Patienten widmete, der von seiner Familie, seinen Freunden und Kollegen umgeben war, hatte sich seit langem mit seiner Einsamkeit abgefunden, damit, daß er in seinem eigenen Wesen wie in einem Kerker nistete, darin er sich manchmal gemütlich fühlte, doch häufiger wie ein Gefangener, der die

Freiheit noch weit mehr fürchtet als das Gefängnis.

»Von mir durfte Walter einen Widerhall erwarten; ich bin ihn schuldig geblieben. Ich hatte keine Zeit.« Gerlan schloß die Augen, müde dieser Farben, die selbst im schwachen Licht gewalttätig blieben; durch den Tag ermüdet, müde seiner selbst und der Ausreden, die er sich vergebens einflüsterte.

Er wußte, daß man immer, ausnahmslos immer Zeit hat für all das, was einem wirklich wichtig ist. Ein Jahr vergeht schnell, aber einen Tag füllt man leicht mit zahllosen Handlungen an. Auch wer mit seiner Zeit, ja mit Minuten zu geizen gelernt hat, vergeudet noch häufig kostbarste Stunden.

Wäre Gerlan selbst arm und erfolglos gewesen, er hätte oft Gelegenheit gefunden, Walter aufzusuchen, jedes seiner Bilder, das aufs neue eine entvölkerte Welt darstellte, aufmerksam zu betrachten, vielleicht zu bewundern. Doch gehörte er zu jenen, die im hellen Licht standen; dank seiner psychologischen Bücher war sein Name über die Grenzen seiner Heimat hinausgedrungen. Die Zeitungen nannten ihn oft; sie gaben seine Meinungen wieder oder verzeichneten seine Anwesenheit bei öffentlichen Veranstaltungen. Er hatte sich vor den Toren der Stadt ein Haus gebaut, mitten in einem baumreichen Garten; die ärmeren Patienten mieden ihn, als schüchterte sein Ruf sie ein, und die reichen, die von weither zu ihm kamen, betrachteten das hohe Honorar, das er verlangte, als einen Beweis seiner Meisterschaft.

Er öffnete wieder die Augen und betrachtete das

Bild, das er auf die Staffelei gestellt hatte. Nun erschienen ihm die Farben anders, natürlicher, ihr Verhältnis zueinander aufschlußreich, obschon er noch nicht wußte, was es wohl bedeuten mochte. Er konnte versuchen, dieses Bild einer entmenschten Stadt wie einen Alptraum zu deuten, der den Schläfer in vielen Nächten heimsucht. Er verschob es auf später. Aus dem Stapel neben dem Bett holte er Bilder hervor, deren Leinwand ohne Datum darauf schließen ließ, daß sie viel älter waren als die Brückengemälde.

Eines war ein Stilleben: ein Laib Brot, drei Äpfel und eine Weinflasche auf einem schmalen, weißgedeckten Tisch, dahinter ein Fenster mit Gittern, zwischen denen grün das Laub eines jungen Baumes schimmerte. Auf dem Sims des Fensters leuchteten zwei hohe bläuliche Glaskelche. Die Farben waren zwar in Bewegung, doch die Dinge ruhten im Raum, der sie wie in einer zarten Umarmung behutsam umschloß. Das andere Bild war das Porträt eines jungen Mädchens: Therese. Gerlan erkannte sie ohne Mühe, obschon nun 26 Jahre vergangen waren, seit er sie das letzte Mal gesehen hatte. Was hat sie mit dem Mädchen des Porträts gemeinsam?, fragte sich Albert erstaunt; denn da er das Gemälde näher betrachtete, fand er Thereses Züge nicht mehr wieder: nicht den aufreizenden Mund, nicht die forschende Ängstlichkeit in den weitaufgerissenen Augen, nicht die Wölbung ihrer Stirn und nicht das zu spitze Kinn.

Er entzifferte die Jahreszahl unter der Signatur:

Therese war damals schon seit zwei Jahren Paul Gallis Frau. Walter kam in dieser Zeit häufig mit Paul zusammen; ihn zog es unwiderstehlich zu dem Mann hin, den Therese ihm vorgezogen hatte.

Zweites Kapitel

»Herr Dorten ist einigemal vorbeigekommen«, sagte die Sekretärin. »Immer mitten in einer Sitzung und das, obwohl ich ihm mehrfach wiederholt habe, daß Sie nur jeweils in den zehn Minuten vor der vollen Stunden frei sein könnten. Er antwortete dann immer, daß er eben warten werde, hielt es aber nicht aus und ging weg, oft sogar ohne sich von mir zu verabschieden.«

»Warum haben Sie mir das nie gesagt?« fragte Gerlan.

»Das tat ich hin und wieder, aber schließlich . . .«

»Schließlich – was, Frau Behrens?«

»Sie arbeiten wie ein Sklave. Jeden Monat schicke ich Herrn Dorten einen Scheck. Er aber hat Zeit; mitten am Tag geht er spazieren.«

Frau Behrens war diesmal wieder früher als nötig gekommen, auch um die Reinemachefrau zu überwachen. An solchen Tagen war die Selbstzufriedenheit der Sekretärin unerträglicher als sonst; sie konnte es nicht mehr verbergen, wie sehr sie alle verachtete, die später aufstanden als sie.

»Sie brauchen den Scheck diesmal nicht zu schicken. Walter Dorten ist verschwunden.«

Sie wollte antworten »Unkraut vergeht nicht«, hielt sich aber zurück; sie hatte die ängstliche Scheu vor ihrem Chef noch nicht ganz überwunden. Deshalb glaubte sie, daß sie ihn liebte, und erhoffte die Stunde, in der sie endlich auch ihn geringschätzen würde. Jedenfalls sah er an diesem Morgen keineswegs liebenswert aus: so miserabel, als ob er sich die ganze Nacht herumgetrieben hätte wie ein Kater.

»Frau Behrens, warum sind Sie darüber froh, daß Dorten verschwunden ist?«

»Ich bin nicht froh«, antwortete sie errötend, »aber es ist wahr, ich mag Leute nicht, die nicht arbeiten.«

»Dorten hat Tag und Nacht gearbeitet, viel mehr als Sie und ich.«

»Wenn einer Bilder malt, von denen niemand was wissen will, das nenne ich nicht arbeiten«, meinte Frau Behrens streng.

»Es hat einmal einen Maler gegeben, von dem zu Lebzeiten nur ein einziges Bild einen Käufer gefunden hat. Er hieß van Gogh . . .«

Gerlan betrachtete das zu lange Gesicht der 35jährigen Frau. Ihm schienen die Züge des 15jährigen Mädchens hervorzutreten, das hübsch gewesen sein mochte. Deutlicher sah er das Gesicht der zukünftigen alten Frau, darin man die Spuren einer Schönheit entdecken würde, die der Behrens während der entscheidenden Jahre gefehlt hatte.

Albert rief Anna an und erzählte ihr, was geschehen war. Sie solle das Foto, das sie von Walter hatten, suchen und ihm sofort schicken. Die Polizei werde es gewiß brauchen. Sie sagte: »Für den Fall, daß du heute spät nach Hause kommst, sollst du wissen, daß ich die beiden Gastzimmer für dich eingerichtet habe. Wir sind eben dabei, deine Sachen hinüberzubringen. Maria hilft mir. Sie ist zu Hause geblieben, weil sie sich nicht ganz wohl fühlt. Sie vermutet alles – wie gewöhnlich.« Anna hängte ab, ohne Gruß. Sie wußte, daß niemand ihrem Mann so wichtig war wie die jüngere Tochter.

»Täglich verschwinden Menschen in allen Großstädten«, sagte Rechtsanwalt Harms. »Häufig kommen sie nach kurzer Zeit zurück, doch manchmal findet man sie erst nach Jahren, und es stellt sich dann heraus, daß sie die ganze Zeit in der Stadt geblieben sind. Es genügte, daß sie sich in einem anderen Bezirk niederließen, um den Augen ihrer Familie so zu entschwinden, als ob der Erdboden sie verschlungen hätte ... Und schließlich gibt es noch die Selbstmörder. Die wenigen, denen der Abgang gelingt, zieht man aus dem Fluß, vier, fünf Tage später, wenn sie an die Lindeninsel angeschwemmt werden. Die anderen, 90 Prozent oder mehr, bleiben einige Tage in der psychiatrischen Beobachtungsstation, dann läßt man sie von der Familie abholen.«

Harms war ein gutmütiger Mensch, daher sprach er mit aufrichtiger Bekümmerung von unglücklichen Menschen; aber gefüllte Forellen, eine Spezialität dieses Restaurants, waren seine Lieblingsspeise. Während seine vollen Lippen zwischen zwei genußreichen Bissen traurige Worte formten, leuchtete sein breites Gesicht in der Freude, die ihm gute Mahlzeiten bereiteten.

»Ich werde gleich den Polizeipräsidenten von dem Fall in Kenntnis setzen, die zuständigen Dienststellen werden unverzüglich alarmiert. Wenn es Ihnen recht ist, begleite ich Sie heute abend, sagen wir gegen sieben Uhr, in die Leichenhalle. Schon vorher werden wir wissen, ob er in irgendeine Unfallstation eingeliefert worden ist; im Todesfall wird man ihn schon identifiziert haben. Bis dahin erhalten wir auch die Antwort der Polizei aus seinem Heimatort, die bei seiner Familie nachgefragt haben wird. So, mein geschätzter Freund, jetzt darf ich Sie bitten, wenigstens für eine Stunde diese Sorge zu vergessen. Seit Sie mich von meinen Ängsten befreit haben, bin ich ein Optimist. Am Ende schlägt alles zum Guten aus. Fast alles.«

Seine Patienten, seine Kollegen sprachen von Heilerfolgen, aber Gerlan wußte, daß er nie jemanden geheilt hatte. Die übertrieben gönnerhafte Manier, mit der Harms die Kellner behandelte, verriet gar zu deutlich, daß er noch immer an der Armut seiner Kindheit litt, daß nichts die Erniedrigung ausgelöscht hatte, die er in seiner Jugend durch seinen reichen Onkel ständig zu erleiden hatte. Während der Advokat mit geschlossenen Augen einen Schluck des roten Bordeaux in Gegenwart des Chefkellners und des Getränkekellners kostend über die Zunge rinnen ließ, sagte Gerlan:

»Neben dem Heimweh nach dem Nichts, das zum Racheakt der Selbstvernichtung treibt, gibt es die Sehnsucht nach einer Existenz, in der es leicht ist, sich selbst mit jedem Atemzug zu verleugnen. Wenn

Dorten sich nicht getötet hat, so ist er zweifellos auf der Suche nach einem Ort, wo er nicht in Gefahr gerät, der Kunst zu begegnen. Gäbe es bei uns große Wälder, weit entfernt von jeder Siedlung, so dürfte man ihn bei den Holzfällern vermuten.«

»Das klingt romantisch«, warf Harms ein. Er fragte sich, ob es nicht taktlos wäre, schon jetzt das Gespräch auf die Schauspielerin zu lenken, die ihn seit ihrem letzten Premierenerfolg interessierte. Er fügte schnell hinzu: »Was würden Sie von einer Frau halten, die von der Spielleidenschaft so gepackt ist, daß sie dadurch ihre Karriere als Schauspielerin gefährdet?«

»Sprechen Sie, Harms, ich höre Ihnen zu«, antwortete Gerlan. Er hätte ihm vorher sagen wollen: Der Reiche, der die Armut romantisch findet, ist verachtenswert, ebenso der Satte, der dem Hunger der anderen einen Reiz abgewinnt, den er selber vermeidet. Aber Harms hätte die Bemerkung mißverstanden. Zwar tat er alles, damit man seinen Wohlstand bewundere, doch in seinem Innern bemitleidete er sich noch immer wegen seiner unüberwindlichen Armut, wegen seiner »seelischen Rachitis«.

Der Anwalt Harms erklärte: »Diese negativen Resultate sind überaus beruhigend. Nicht in der Unfallstation, nicht bei den Psychiatern, nicht unter den Leichen – so ist es praktisch sicher, daß Ihr verschwundener Freund am Leben und frei ist. Das

Weitere wird sich finden. Jetzt aber schnell los, wir brauchen beide einen Cognac in einem gut beleuchteten Lokal.«

Er beschleunigte seinen Schritt, um sich der Nachbarschaft der namenlosen Toten zu entziehen. Im Wagen ließ er sofort den Motor an, schaltete das Radio ein, aus dem prompt der Refrain erklang: »Du bist die meine – Du bist die eine . . .«

»Idiotisch, aber es tut einem gut. Alles, was nicht Tod ist, tut einem gut«, meinte der Anwalt. »Natürlich, Sie beeindruckt solch eine Leichenhalle nicht.«

»Sie irren sich«, antwortete Gerlan, während er den Sänger zum Schweigen brachte. »In meiner frühen Jugend habe ich ein Spiel erfunden, das mich jetzt noch manchmal aufsucht wie ein ungebetener Gast: Ich zwinge mich zu erraten, was Tote denken würden, wenn sie dächten!«

»Und was würden sie denken?«

»Daß die Überlebenden Heuchler sind und leichtsinnige, vergeßliche Verräter.«

»Was Sie da sagen, ist nicht angenehm. Die eisgekühlten Leichen, die man uns präsentiert hat, sahen friedlich aus, beruhigt. In den nicht entstellten Gesichtern habe ich keinen Vorwurf gelesen; die anderen aber erschrecken mich, als ob ich noch ein Kind wäre. Warum?«

»Suchen Sie die Antwort in Ihren Angstträumen. Inzwischen helfen Sie mir, die Spur Walter Dortens zu finden.«

»Eigentlich frage ich mich, warum Ihnen so viel daran liegt. Sie sagten selbst, daß Sie ihn nur ganz selten gesehen haben, obwohl es Sie nur wenige Minuten gekostet hätte, ihn zu besuchen. Ich erinnere mich nicht, ihn jemals in Ihrem Haus angetroffen zu haben. Sie luden ihn also nicht einmal dann ein, wenn die halbe Stadt bei Ihnen zu Gast war. Warum laufen Sie einem Menschen nach, um den Sie sich nicht kümmern würden, wenn er da wäre?«

»Meine Antwort ist in Ihrer Frage enthalten: Eben weil ich mich zu wenig um ihn gekümmert habe, muß ich jetzt . . .«

»Und die zweite Antwort?«

»Vorderhand mag die erste genügen. Die psychologische Deutung des Versagens kommt nachher.«

Die Vögel weckten ihn; sie hatten sich in Scharen auf den Zweigen der Erle vor dem Fenster niedergelassen. Das Durcheinander von Zwitschern, Trillern und Schnattern war unangenehm. Die Poeten haben für den Vogelgesang zuviel Reklame gemacht, dachte Albert Gerlan. Im gleichen Augenblick entsann er sich, daß in seinem Traum jemand unwillig gesagt hatte »Aber gezwungen – nicht!« Er konnte, wenn er sich bemühte, den Zusammenhang dem Vergessen entreißen, aber seit er sich beruflich mit den Träumen anderer beschäftigte, interessierte er sich kaum noch für die eigenen. Nichts ist am Menschen wirklich geheim. Und das meiste von dem, was verhüllt bleibt, verrät sich durch die Art, wie es sich versteckt. Wer immer es hören wollte, konnte erfahren ». . . und niemand weiß, daß ich

Rumpelstilzchen heiß«. Außerdem irrte sich Rumpelstilzchen, es hieß gar nicht so, sondern Müller oder Meier.

»Aber gezwungen – nicht!« wiederholte Albert laut. Er selbst könnte es im Traum gesagt haben. Nun waren fast 36 Stunden vergangen, seit er Walters Verschwinden entdeckt hatte. Im Traum hatte sich der Umschlag der Gefühle angebahnt: der Träumer bedauerte nicht mehr den unglücklichen Freund, sondern sich selbst; er fühlte sich erpreßt und gezwungen, vielerlei zu unternehmen – und das lehnte er ab. »Ich bin ein Menschenfreund, das weiß ein jeder in meiner Gasse«, hatte Gerlan einmal einen Autobusschaffner sagen hören. »Ich helfe, wo ich kann, aber wenn da einer herkommt und stirbt gerade in meinem Autobus, fünf Minuten bevor ich abgelöst werde – das lasse ich mir nicht gefallen; denn zwingen lasse ich mich nicht.« Der Schaffner wiederholte es unaufhörlich mit dümmlichem Stolz. Er wollte gar nicht zur Kenntnis nehmen, daß der Fahrgast nicht tot, sondern nur ohnmächtig war und daß ihn ein Ambulanzwagen sehr bald abtransportieren würde; er blieb beleidigt.

Hier wäre also die zweite Antwort auf Harms' Frage: Dorten hat mich beleidigt, wie der Selbstmörder die Hinterbliebenen kränkt und beleidigt. Sie rächen die Kränkung am wirkungsvollsten, indem sie ihn dem Tod entreißen.

»Jetzt sind Sie sozusagen Gast im eigenen Haus«, sagte Mathilde, die den Kaffee heraufbrachte. Die nicht mehr junge Bedienerin musterte ihn, als müßte sein Gesicht irgendeinen neuen Zug aufweisen, der ihr den Grund der Übersiedlung enthüllen würde. Sie verließ das Zimmer, ohne sich umzuschauen.

Anna wartete gewiß auf die Aussprache, darauf, daß er sie ihr anbiete, damit sie das Gespräch mit einigen harten Worten ablehnen könnte. Einige Tage später würde sie selbst die Auseinandersetzung beginnen und damit die Versöhnung einleiten. Sie lebten nun schon 23 Jahre zusammen. Für alle Situationen hatten sich Regeln ausgebildet, Klischees, die das Verhalten beider formten. Daß sie das wußten, daß Anna nicht weniger als Albert das Szenario so genau kannte, so daß es auch ihr wie ein abgekartetes Spiel erscheinen mußte, änderte nichts an ihrem Verhalten. Seit einiger Zeit fand der Streit nicht mehr in einer leidenschaftlichen Umarmung sein Ende. Nun schwebte über der Versöhnung wie ein Abendnebel die leise Trauer, die das Mitleid mit sich selbst und mit dem anderen nährt.

Daß Anna ihn aus dem gemeinsamen Schlafzimmer ausgewiesen und in die höhere Etage exiliert hatte, mochte vielerlei bedeuten; er hatte Zeit, es zu erfahren. Auf die Dauer ertrug sie ihr eigenes Schweigen nicht.

Anna dachte resigniert daran, während sie sich mit den Töchtern zum Frühstück setzte, das auf der Terrasse serviert wurde. Sie blickte verstohlen zum

Fenster hinauf. Albert stand gerade vor dem Spiegel und seifte sich das Gesicht ein. Er verteilte den Schaum auf Kinn und Wangen, die runden braunen Augen sahen gleichgültig zu. Als er die Rasierklinge an der linken Hand zu wetzen begann, erblickte er plötzlich das bewegte Band des Lichtstrahls, der den Wipfel der jungen Linde vergoldete. Er näherte sich langsam dem Fenster, der blaue Himmel ruhte über dem dunkelgrünen Wald am Horizont.

»Kleiner Mund und Stubsnase – lächerlich! Das ist doch absolut unmodern und gefällt jetzt keinem mehr.« Das war Hellas dünne Stimme, die sich leicht überschlug, sobald sie zu schnell sprach. In diesem besonderen Fall verteidigte die ältere Tochter ihre eigene Schönheit: einen großen Mund und eine längliche Nase. Ihr gegenüber saß die schmale Maria; im weißen Kleid sah sie wie ein hochaufgeschossenes Kind aus. Von Anna, die mit dem Rükken zum Haus saß, sah Albert nur die Arme; sie schenkte gerade den Kindern ein. Er wollte ihnen einen guten Morgen wünschen und die Stimme Marias hören; doch wandte er den Blick wieder dem Garten zu, den Erlen, dem Kiesweg, der den großen Rasen säumte, und dem Föhrenwäldchen dahinter. Alles, was sich ihm zeigte, vereinigte sich zu einem Bild, das ein unsichtbarer Rahmen einschloß. Vom Gespräch auf der Terrasse drangen Töne, doch nicht mehr faßbare Worte zu ihm herauf. Zugleich mit der unangenehm juckenden Empfindung seiner Gesichtshaut, auf der der vertrocknete Seifenschaum zerbröckelte, stieg in sein Bewußtsein die unabweisbare Gewißheit auf, daß alles, was er sah, bestimmt war, ihn zu überdauern. Was sich vor ihm ausbreitete, brauchte ihn nicht. Verschwände er, nichts würde in diesem Bild fehlen; es existierte, auch wenn er es nicht betrachtete.

Er wischte sich ungeduldig den Schaum von den Wangen, doch löste die heftige Gebärde nicht die seltsame Befangenheit. Sein Blick blieb an den Korbstühlen haften, die vor der Laube standen. Da würde Hella einmal sitzen: eine große, schwerknochige Frau in mittleren Jahren, neben ihr ein etwas älterer Mann, ihr Gatte – an einem Sommerabend unter einem Himmel, der vom späten Sonnenuntergang gerötet war.

»Ich sterbe«, sagte Albert Gerlan. Er sprach es wie ein Geheimnis aus, das man dem Vertrautesten ins Ohr flüstert. Als er sich zum Fenster hinausbeugte, um sich den Frauen auf der Terrasse zuzuwenden, fiel ihm die Rasierklinge aus der vorgestreckten Hand in den Rosenbusch. Er rief: »Maria, Maria!« Die Tochter hob den Kopf und senkte ihn sogleich. Hella wandte sich um und sagte: »Guten Morgen, Papa! Hast du gut geschlafen? Fehlt dir etwas in der neuen Wohnung?«

»Maria soll mir die Rasierklinge heraufbringen, sie ist ins Beet gefallen.«

Er ging zum Waschbecken zurück und seifte sich noch einmal ein. Es klopfte, Mathilde war es, die ihm die Klinge zurückbrachte: »Die jungen Damen haben keine Zeit; sie fahren heute mit dem Autobus zur Universität und nicht mit Ihnen«, sagte sie.

»Machen Sie das Fenster zu, ziehen Sie den Vorhang vor! Schließen Sie bitte auch die Läden in den beiden Zimmern!«

»Ja, warum denn das? Gerade heute, wo wir endlich den ersten schönen Tag haben.«

Als die Zimmer verdunkelt waren, hob er den Telefonhörer ab. Er erreichte Frau Behrens gerade, als sie ihr Haus verlassen wollte, und diktierte ihr das Telegramm, mit dem er seine Teilnahme am Kongreß absagen ließ; er trug ihr auf, auch alle Termine mit den Patienten abzusagen.

»Für wann soll ich sie denn bestellen?« fragte die Sekretärin bestürzt.

»Das werde ich Ihnen mitteilen, sobald ich zurückkomme.«

»Um Gottes Willen, was ist denn geschehen? Was mache ich mit der Post? Und überhaupt, was antworte ich, wenn man nach Ihnen fragt? Sie haben doch noch nie gefehlt!«

Albert beruhigte sie und hängte ein. Er ließ sich in den alten Fauteuil sinken; es war das einzige Stück, das er aus der Hinterlassenschaft seines Vaters an sich genommen hatte. Ihm war, als müßte er ausruhen nach einer übermäßigen Anstrengung und darauf warten, daß sein Pulsschlag wieder normal ginge.

Was hatte ihm die Worte »Ich sterbe« eingegeben? Nicht Angst, nicht ein körperlicher Schmerz, keine Drohung. Der Anblick des Gartens, das heitere Gespräch der drei Frauen auf der Terrasse, das Gefühl, nur Gast zu sein im eigenen Haus? Gerlan beugte den Kopf vor, wie immer, wenn er, auf der Spur einer aufschlußreichen Entdeckung, auf den Ton mehr als auf die Worte eines Kranken zu lauschen begann. Worte waren austauschbare, ärmliche, löchrige Hüllen der Gefühle und Gedanken, nicht selten Wegzeichen, die in die verkehrte Richtung wiesen; doch die Musik der gesprochenen Töne gab Aufschluß, sie und die Bewegung der Gesichtszüge, das Spiel der Mienen.

Wer sich sterben fühlt, weil nichts ihn anblickt, muß von sich selbst maßlos enttäuscht sein ... Ich erwarte nichts Neues, nichts Besonderes von mir, so kann ich nicht über mich enttäuscht sein. Doch gleich danach dachte er: Da ich von mir selbst furchtbar enttäuscht bin, muß ich insgeheim große Erwartungen gehegt und unerfüllt gelassen haben ... Aber dieser Patient interessiert mich nicht.

Gerlan fand häufig nach einer ersten Besprechung, daß ein Patient ihn nicht interessierte, und überwies ihn mit irgendeiner Ausrede an einen Kollegen. Diesmal war er selbst der uninteressante Fall; später erst wollte er darüber nachdenken, ob er sich an einen Kollegen überweisen sollte. »Aber gezwungen – nicht!« Er erhob sich beruhigt. In zwei, drei Tagen würde der Patient wieder seine übliche Lebensweise aufnehmen; bis dahin sollte er allem fern bleiben, was sonst seinen Alltag ausfüllte. Also reisen.

Es gab kaum ein Vergnügen, kaum eine Laune, die sich ein Mann in seiner Lage hätte versagen müssen. Es kam nur darauf an, daß er entdecke, was er wünschen könnte. Auf die Dauer war nur die Wunschlosigkeit gefährlich. Nichts mehr ersinnen können, was man vom kommenden Tage erhoffen will, das ist Sterben. Die Dinge, die man in keinen Wunsch einbezieht, werden blind. Das sagte er sich, während er aus dem Schrank die Wäsche holte. Er wußte, daß es nicht falsch war, doch gab es einen Rest von Wahrheit, der darin nicht enthalten war. Und daß es eben auf diesen Rest ankam. Er ging auf die Reise, um ihn zu finden. Oder um ihm zu entfliehen.

Anna erwartete ihn am Fuß der Treppe. Sie mußte im Garten gearbeitet haben; die breiten Krempen des Strohhuts verhüllten ihre schmale, hohe Stirn. »Du gehst auf Reisen?« fragte sie. Und als er nickte: »Wann bist du zurück?«

Er betrachtete dieses jungfräuliche, strenge Gesicht, das er viel besser kannte als sein eigenes; dessen Züge hatte er einmal geliebt, als wären sie das Werk eines Zaubers, der plötzlich entschwinden könnte. Es war ihm unfaßbar gewesen, daß man irgendein anderes Gesicht dem ihren vergleichen könnte. In den letzten Jahren, die ihn von ihr entfernt hatten, war Anna der jungen Frau, die sie einmal gewesen war, wieder ähnlicher geworden. Da er sie betrachtete, wurde ihm bewußt, daß ihm nur die Erinnerung an die Erinnerung geblieben war und nicht die Erinnerung an das Erlebnis selbst. Diese mittelbare Erinnerung band ihn nicht an die Frau, die vor ihm stand, sondern an eine unwiederbringlich verlorene Vergangenheit. Er wußte genau, wann diese Wandlung eingetreten, war: in dem Augenblick, da er aufgehört hatte, der Träger seiner Jugend zu sein. Seit etwa drei Jahren war er nur noch der Erbe seiner eigenen Vergangenheit.

Anna wiederholte: »Wann bist du zurück?«

»In vier Tagen wahrscheinlich.«

»Begleitet dich jemand – oder reist du allein?«

»Allein.«

»Hast du mir nichts zu sagen?«

»Nichts.«

»Vorgestern – was da geschehen ist, ich meine . . . daß ich in deine Ordination kam, um dich abzuholen, das war, weil es der Todestag deines Vaters war. Hattest du ihn vergessen?«

»Das genaue Datum – ja.«

»Und alles wegen der dicken Frau?« Sie bedauerte diese Worte sogleich und fügte hastig hinzu: »Das alles ist gleichgültig, wichtig ist, daß Maria nicht darunter leidet. Sie weiß alles.«

»In den Zimmern da oben, in die du mich deportiert hast, hätte Walter sorglos leben und arbeiten können. Aber ich habe ihn nicht einmal für einen einzigen Abend eingeladen, nur weil du ihn nicht mochtest. Doch das ist meine Schuld. Nun benutzt du Maria, um mich zu erpressen. Diesmal ist die Schuld dein.«

»Es ist nicht wahr«, sagte sie. »Du bist an allem schuld.«

»Vielleicht«, erwiderte er. »Ich will heute Walters Familie aufsuchen. Ich muß gleich losfahren, wenn ich noch am Nachmittag ankommen will. Adieu, Anna.«

Drittes Kapitel

In dieser alten, ungepflasterten Vorstadtgasse bezeichnete kein Nummernschild die schmalen niedrigen Ziegelhäuser, die sich dicht aneinander drängten.

»Gehen Sie nur geradeaus weiter! Die Dortens wohnen auf der rechten Seite, Sie werden das Haus schon finden. Wo Sie hören, daß viele Leute zusammen brüllen, da gehen Sie hinein, ohne anzuklopfen. Um diese Stunde haben sie ihre Versammlung, Gottesdienst heißt das bei ihnen«, sagte, an einen Zaun gelehnt, der alte Mann, ohne die kalte Pfeife aus dem Mund zu nehmen. Als er Gerlan zögern sah, fügte er hinzu: »Heutzutage geht's nirgends ohne Gebrüll zu. Und hier bei uns in der Gasse, bei den Dortens, da versammeln sie sich und brüllen, daß nur sie allein die Wahrheit kennen, und sie freuen sich schon darauf, daß beim Weltuntergang alle Nachbarn zugrunde gehen und nur sie überleben werden. Und Sie, Herr, gehören Sie vielleicht auch zu der ›Wahrheit‹?«

»Nein, nein, ich komme nur, einen alten Freund zu sehen, den Maler Dorten.«

»Walter? Ist denn der wieder bei seiner Mutter? Ich hab ihn schon lange nicht mehr gesehen. Aus dem ist nichts Rechtes geworden. Studieren muß er, was Besseres werden, das hat sich die Dortensche in den Kopf gesetzt. Damals war sie noch gut mit den schwarzen Brüdern, den Pfaffen, meine ich. Und die haben ihr ja auch geholfen, daß der Walter in die besseren Schulen hat gehen können und dann in die große Stadt. Er wird Ingenieur, hieß es immer, Hochbau-Ingenieur. Die Gasse war nicht gut genug für ihn. Na ja, und da vergehen die Jahre, und inzwischen passiert die Geschichte mit der jüngsten Tochter, die kriegt ein Kind, aber keinen Mann dazu. Und wie ich sagte, die Jahre vergehen, und da heißt's: Nein, Ingenieur wird also das Wunderkind Walter nicht. Nicht Hochbau und nicht Tiefbau, und zwar, weil er schon was geworden ist – nämlich ein Kunstmaler. Und er schickt schon Geld nach Hause. Und im Kursalon, heißt es, wird er seine Malereien aufhängen, daß jeder hinkommen und sie sich anschauen kann, und der Herr Bürgermeister wird eine Rede halten. Wahr ist's, geredet hat man damals viel, aber geschehen ist nichts. Verschoben haben sie es auf den Sankt-Nimmerleins-Tag, und vor ein paar Jahren, bald nach dem Krieg, da hat er uns besucht. Zurück war er in den Gassen, und freundlich hat er getan zu jedermann. Und Zigaretten hat er auf Pump gekauft, und manchmal hat man's schreien gehört im Haus von den Dortens. Da hat sich der Sohn mit ihr gezankt. Aber eines Tages war es wieder still und vom Herrn Kunstmaler keine Spur mehr. Und dann auf einmal wieder was Neues: ein ganz Fremder, ein Stotterer, der hat sich da eingemietet. Und er ist es, der die beiden Frauen angesteckt hat mit der ›Wahrheit‹, und ob Sie es glauben oder nicht, die alte Dorten, die ist eine Päpstin geworden bei den Narren, die da jetzt brüllen in ihrem Haus. Und die Tochter, die mit dem Bankert, die ist noch schlimmer. Früher, da pflegte sie zu mir zu kommen, mich überzeugen wollte sie, mich bekehren, sagte sie. Jetzt ist es aus. Ich stehe da jeden Abend und warte, daß sie kommen soll und noch einmal wagen, mich einzuladen. Ich brauche sie nicht, und wenn ich der letzte in der Gasse wäre, ich tät noch immer nein sagen. Na, und jetzt gehen Sie, damit Sie nichts versäumen. Einer mehr oder weniger, mir ist's eh schon egal.«

»Wenn da die Versammlung abgehalten wird, ist es doch wohl besser, ich gehe später hin. Würden Sie mir das Vergnügen machen und mit mir etwas trinken gehen?« fragte Gerlan.

Der alte Mann sah ihn forschend an. Zuerst den Rock, das Hemd, die Krawatte und dann das Gesicht, die Büschel roter Haare an den Schläfen, die hohe Stirn und dann erst die Augen. Schließlich sagte er: »Ich lehne nicht ab, aber in eine Kneipe gehe ich nicht. Ich bin nämlich der erste Abstinenzler in der Gasse gewesen. Eine Zeitlang war ich sogar Vorstandsmitglied in unserer Ortsgruppe. Wenn es gefällig ist, trinke ich gern ein Glas Traubensaft mit Ihnen.«

Gerlan folgte ihm in die Hauptstraße des Viertels: »Das ist ein Freund von der Frau Dorten ihrem Sohn«, erklärte der Alte, der Joseph genannt wurde, der Besitzerin des kleinen Cafés, ehe er die Getränke bestellte.

»Immer wenn ich in einem fremden Ort bin«, meinte Gerlan, »frage ich mich, wie das wohl gewesen sein könnte, wenn ich da aufgewachsen wäre. Zum Beispiel in Ihrer Gasse, in einem Haus wie dem Ihren – so wie mein Freund Walter. Ich hätte Sie also seit meiner Kindheit gekannt und würde mich jetzt trauen, Ihnen zu sagen, daß es nicht gut ist, so streng zu sein gegen die eigenen Leute. Als Sie jung waren, da haben Sie sich vielleicht für die Frau Dorten interessiert, haben sozusagen mit ihr sympathisiert. Und als sie noch unverheiratet war, ist sie gern in Ihren Verein mitgegangen und hat Ihnen aufmerksam zugehört, wenn Sie eine Rede hielten.«

»Ja, stimmt schon. Aber dann hat sie einen Trinker geheiratet, wie zum Trotz. Da war es aus mit dem Verstand, verblöden hat sie sich lassen von ihm, genau wie jetzt von dem fremden Stotterer.

»Na ja, vielleicht«, sagte Gerlan. »Aber andererseits ist es wahr, daß sie Ihnen mehrmals die Tochter geschickt hat – Sie sind zu streng, und daher bleiben Sie allein.«

»Ich brauche niemanden«, rief der Mann zornig aus.

»Mag sein, aber wer weiß, vielleicht braucht Frau Dorten Sie, der ganzen Gemeinde wären Sie willkommen; denn ein intelligenter, erfahrener Mann, der ist nie überflüssig.«

»Das also hätte ich nicht gedacht, daß Walter mitten in der großen Welt von mir redet. Denn von ihm wissen Sie doch alles über mich, nicht wahr? Ich sag's, wie's ist: Ich find's schön von ihm, daß er an mich gedacht hat.«

»Wenn Sie mir erlauben, will ich's Ihnen grad heraus sagen, daß ich mich an Ihrer Stelle mit den Frauen versöhnen würde, mit der Mutter und mit der Tochter. Jetzt will ich aber gehen, und wenn Sie mitkämen, auch damit ich das Haus finde . . .«

Der alte Mann wollte durchaus nicht erlauben, daß Gerlan zahle. Bevor sie das Haus der Dortens erreicht hatten, blieb er stehen und meinte nachdenklich: »Ich denke mir, es ist nur aus Güte, daß Sie mir so zureden, wieder freund mit den Dortens zu sein. Nichts für ungut, aber da ins Haus geh ich nicht hinein. Das können Sie nicht verstehen, es wird gar zu viel zerschlagen in einem, der die Jahre mit Warten verbringt.«

Gerlan sah ihm nach, wie er mit bedächtigem Schritt die Straße wieder hinauf ging. Noch einer, der denkt, daß nur er einsam ist und daß man ihn zu lange warten läßt.

Er mußte zweimal läuten, bevor ihm geöffnet wurde. Die untersetzte Frau stellte sich in die halboffene Tür, als wollte sie ihm den Zutritt verwehren. Ihr Blick streifte sein Gesicht und blieb an seinem Bauch haften. Sie sagte in dem Ton, in dem man einem Störenfried Schweigen gebietet:

»Also schon wieder die Polizei und immer wieder die Polizei!«

»Sie irren sich«, begann Gerlan, wurde aber unterbrochen.

»Jan Trekke ist nicht hier, schon seit zwei Wochen ist er weg. Ja, wir haben ihm das Geld gegeben für die Reise. Er wird nie Soldat, ihr werdet ihn nicht zum Mörder machen.«

Nun erst erhob sie die bebrillten Augen und sah ihm forschend ins Gesicht. Er nannte ihr seinen Namen und den Grund seines Besuches.

»Ich bin Walters Schwester. Ich habe Sie mir anders vorgestellt, ganz anders«, sagte sie. »Walter hat von Ihnen gesprochen, als er vor einer Woche hier war. Nur einen Tag, eine Nacht und einen Tag. Er konnte bei uns nicht bleiben, denn er gehört nicht zu uns. Schließlich wollte er nur Geld von uns. Aber wir haben keines. Wir erwarten schon seit langem nichts mehr von ihm – mit welchem Recht erwartet er etwas von uns?«

Sie wußte nicht, warum ihr Bruder sein Atelier aufgegeben hatte, und sie hatte ihn nicht gefragt, wohin er ging, als er das Haus seiner Mutter wieder verließ. »Leute, die in die Eitelkeiten der sündigen Welt verstrickt sind, interessieren uns nicht«, sagte sie und deutete mit der Hand in das Innere des Raums, in dem ungeübte Stimmen zu singen begannen: »Halleluja, freudig ziehen wir in die Ewigkeit.«

Gerlan verabschiedete sich schnell. Er fand den alten Joseph nicht mehr in der Gasse und beschleunigte den Schritt. Er wollte die Hauptstraße erreichen und dort eine Taxe suchen. Die leere Gasse im Zwielicht des endenden Tages strömte eine Trauer aus, der er sich nicht erwehren konnte. Sie mochte der Grund sein, warum Walter sich stets besiegt gefühlt hatte, noch ehe der Kampf begann; warum er immer auf der Flucht war vor dieser Gasse und dennoch zu ihr zurückkehrte. Die trostlose Flucht im Kreise.

Ohne es recht zu bemerken, war Gerlan von seinem Weg abgekommen; er irrte hastend im Gewirr alter, verwinkelter Gassen herum. Immer wieder schien es ihm, daß die Hauptstraße um die nächste Ecke wäre, doch täuschte ihn hier alles, weil diese Fremde gesichtslos war. Die wenigen Passanten waren zumeist ältere Männer, die eilig von der Arbeit heimkehrten, und Frauen, die einen letzten Einkauf besorgten. Keine Kinder. Ganz selten eine Stimme hinter einer Tür – zumeist ein kurzer Ruf, der eine Warnung sein mochte, ein Fluch oder eine Drohung.

Er setzte seinen Gang fort mit dem Gefühl, daß jede Bemühung wie in einem Alptraum ohne Wirkung bleiben würde, und zugleich mit der sicheren Einsicht, daß er in wenigen Minuten doch auf die Hauptstraße stoßen mußte.

Diesmal täuschte er sich nicht. Nun brannten auch endlich die Straßenlampen; in deren Licht las er das Namensschild; er klopfte an Josephs Tür.

In der Mitte des niedrigen, länglichen Raumes, den eine Stehlampe beleuchtete, arbeitete Joseph an einem runden Tisch. Er schnitt behende Lederstückchen mit einer Schere zurecht und klebte sie auf winzige Rahmen; er fertige bunte Schnallen für Damengürtel, erklärte er Gerlan, als dessen Blick forschend seine Hände streifte.

»Und jetzt möchte ich wissen, wozu Sie herkommen«, sagte Joseph. »Ich meinerseits habe Ihnen nichts mitzuteilen. Nichts!«

»Ich habe Sie gesucht, um Ihnen zu erzählen, wie mein Gespräch mit Walters Schwester verlaufen ist, aber ich habe Sie nicht gleich gefunden, deshalb . . .« Er unterbrach sich.

»Was rennen Sie hinter dem Walter her? Ist er Ihnen was schuldig geblieben?« fragte der alte Mann, ohne aufzublicken.

»Nein.«

»Sind Sie ihm was schuldig?«

»Nein . . . nein! Aber ich möchte verstehen, ich muß wissen . . .«

»Warum? Hat er Ihnen eine Tochter verdorben? Oder vielleicht die Frau verführt?«

Als Gerlan kurz auflachte, blickte ihn Joseph spöttisch an, ehe er fortfuhr: »Unser Bürgermeister, der seinerzeitige meine ich, der hat wohl auch so gelacht wie Sie; der war auch so ein Förderer der Künste. Er wollte sogar speziell eine städtische Stiftung gründen, die Zeitung war voll davon, nur um Walter ›aller materiellen Sorgen‹ zu entheben, wie er das damals so schön gesagt und geschrieben hat. Aber auf einmal war es aus, etwas war geschehen; die Liebe war im Spiel, sagte man. Und der Bürgermeister hat auf sein Amt verzichten müssen, weg ist er aus der Stadt, zusammen mit seiner Frau, die nach ein paar Tagen wieder brav zu ihm zurückgekommen war. Von einer Stiftung hat man nichts mehr gehört . . . Jetzt verstehen Sie schon, daß es nichts zu lachen gibt, wenn ich frage, ob der Herr Kunstmaler Sie vielleicht betrogen hat . . . Wenn Sie jetzt hinausgehen und halten sich rechts und biegen dann bei der zweiten Gasse rechts ab und nehmen nachher die erste links, dann stehen Sie auf einmal in der Pestalozzistraße. Dort finden Sie Autobusse und Taxis – da sind Sie gleich wieder wie zu Hause. Und sobald Sie draußen sind, machen Sie die Gittertür zu; das ist wegen der Hunde. Guten Abend wünsche ich.«

***

»Schon wieder!« brummte Albert, als er ins Vorzimmer trat. Maria nickte zweimal, als müßte sie jedes Wort doppelt bestätigen, klappte das Heft zu und steckte es zusammen mit dem dicken Buch und der Füllfeder in ihre graue Ledertasche. Der Vater erwartete sie inzwischen am Lift. Sie fragte ihn:

»Wie war es heute?«

»Verloren – ein wenig; nicht sehr interessant«, antwortete er, ohne sie anzusehen.

Die Straße war noch feucht, aber der Regen hatte die Luft nicht abgekühlt. »Du hättest mit der Mutter und Hella ans Meer fahren sollen«, fügte Albert hinzu. »Du siehst schlecht aus. Das Ergebnis deines Experiments steht fest: Es ist Zeit, es aufzugeben.«

Seit zwei Wochen kam Maria jede Nacht in den Spielklub, wartete in der Diele, bis der Vater herauskam – bis zwei, drei Uhr morgens –, und begleitete ihn dann in seine Ordination; nach seiner Reise war er nicht mehr ins Haus zurückgekehrt.

»Das ist kein Experiment«, antwortete die Tochter, »sondern nur der Beweis, daß du nicht allein bist. Denn wir gehören zu dir.«

»Ich habe zu viel geraucht«, sagte er. »Kommst du mit deiner Semesterarbeit gut voran?«

»Wenn du nicht zu müde bist, werde ich sie dir vorlesen, sobald du im Bett bist.«

Sie verließ ihn niemals, bevor er ins Bett gegangen war. Auch das gehörte zum »Experiment«, das ihr die Verzweiflung über den Vater eingegeben hatte. Sie warf ihm nichts vor, verlangte nichts von ihm, aber er sollte ihre Gegenwart fühlen in diesen Nächten, in denen er, glaubte sie, sich gleichsam vom eigenen Wesen loslöste und in ein niedriges Dasein fallen ließ.

»Du wirst mir ein anderes Mal vorlesen«, erwiderte er. »Ich bin sehr müde, und der erste Patient kommt sehr früh.«

»Ja, das ist vernünftiger so. Schlaf gut und schnell, junger Bruder!« Sie beugte sich zum Vater hinunter und küßte seine Stirn, dann löschte sie das Licht und verließ das Zimmer. Sie blieb nebenan im Ordinationsraum.

Die Viertelstunde, die sie gewöhnlich in der Nähe des einschlafenden Vaters verbrachte, ehe sie die Wohnung verließ, brauchte sie, um die Spannung zu lösen, die sich ihrer jedesmal bemächtigte, wenn sie mit ihm zusammen war. Sie wußte, daß sie ihre Unruhe verbergen und die vertrauensvolle Tochter spielen mußte, die fast aus Koketterie ihren Vater jede Nacht überrascht und nach Hause bringt. Sie durfte ihm nicht enthüllen, daß er ihr wie das Opfer einer bösen Verzauberung erschien, auf deren Ende sie in ängstlicher Hoffnung wartete. Sie empfand, daß sie mitschuldig war an diesem Sturz, der den bewunderten Vater aus seiner Bahn gerissen hatte, aber sie wußte nicht, womit sie diese Schuld auf sich geladen hatte. Es gelang ihr nicht, ihn dazu zu bringen, daß er über sich selber spreche, daß er ihr erkläre, warum er außer seinen Patienten niemandem mehr begegnen wollte, warum er seine Nächte an das Kartenspiel vergeudete, das ihn vorher nie gelockt hatte, und warum er sein eigenes Haus mied. Er duldete sie neben sich; doch fühlte sie nicht mehr seine Liebe, die für sie, seit sie denken konnte, die einzige Gewißheit ihres Lebens gewesen war.

Sie tastete sich im Finstern bis zu seinem Stuhl, setzte sich und legte den Kopf auf die Tischplatte. Niemand war da, um ihr zu helfen, und sie war zu schwach. Ihre Augen füllten sich mit Tränen; sie dachte: Ich werde immer unglücklich sein. Ich werde niemandem mehr vertrauen.

Sie wiederholte die letzten Worte immer wieder. Die kaum Zwanzigjährige ahnte bereits, daß man dem Ausdruck der Verzweiflung, ist er nur maßlos, Trost abgewinnen kann.

Was hat mich geweckt? fragte sich Albert. Das phosphoreszierende Zifferblatt des Weckers zeigte, daß er kaum eine Stunde geschlafen hatte. Von seinem Traum erinnerte er nichts, nichts als einen schwarzen Lattenzaun. Der Zaun, an dem der alte Joseph auf die Einladung wartete, war von einem verwelkten Grün gewesen. Nicht verwelkt, sondern verwaschen, von Sonne und Regen entfärbt, verbesserte sich Albert.

In letzter Zeit kam es öfters vor, daß er Worte verwandte, die nicht ein Gedanke ihm eingab, sondern ein mitschwingendes Gefühl. Er ertrug die Ungenauigkeit bei anderen, sie war dem Beobachter nützlich; doch von sich selbst verlangte er Präzision.

Er dachte an den »Herrn Direktor« – so ließ sich einer seiner drei Spielpartner nennen, dessen wahren Namen niemand zu kennen schien. Der Mann war so geizig, daß man denken konnte, seine Magerkeit sei eine Folge des Hungers. Ein Geizhals, der spielt – selten, fast unerklärlich. Der Direktor kam immer als erster, ließ sich ausführlich berichten, was es zu essen gäbe, für den Fall, daß er Lust bekommen sollte, irgend etwas zu bestellen. Aber am Ende ließ er sich nur ein Glas Selterswasser servieren. Das ist alles, was ich von ihm weiß, dachte Albert, das – und daß er im Spiel die Kühnheit des Feiglings zeigt, der in den Abgrund springt, weil er wähnt, daß hinter ihm einer steht, der ihn im nächsten Augenblick ermordet.

Was hat mich geweckt? Gerlan ließ den Blick im Raum schweifen, die Konturen der Gegenstände blieben verschwommen, doch unterschied er sie. So wußte er, daß ein jedes Ding an seinem Platz war. War es ein Geräusch gewesen? Das Zimmer ging auf den Hof, der Straßenlärm erreichte es selten und auch dann nur ganz gedämpft; er störte den Schläfer nie.

Albert stand auf, zog die Vorhänge auseinander. Der zunehmende Mond, einer gekenterten Barke gleich, die eine mächtige Welle senkrecht aufgerichtet hat, erwartete unbewegt das Wolkenungeheuer, das mit vorgestreckten Gliedern heraneilte. Kein Licht in den Fenstern; doch der Hof, den ein Lichtkegel in zwei ungleiche Längen zerschnitt, schien, wie am Tage, im vorgetäuschten Schlummer zu verharren, der die Seinsform der ungeliebten, ungenutzten Dinge ist.

Die tiefe Stille der Städte während der einzigen Stunde, welche die Nacht vom Morgen trennt ... War's somit doch der Traum vom schwarzen Lattenzaun, der ihn geweckt hatte? Er setzte sich aufs Bett, schaltete Licht an. Sein Vater pflegte in den letzten Jahren seines Lebens gewöhnlich zu dieser Stunde aufzuwachen. Das war nach dem Zusammenbruch, er erwartete nichts mehr vom Tage, nichts als zusätzliche Gründe, sich von den Zeitgenossen abzuwenden: von seinen Kollegen, den Ärzten, die sich heuchlerisch gegen ihn gestellt hatten, von der »Bewegung«, die ihn verraten hatte, von seiner Frau, die ihm alles vergeben hätte, nur nicht den Mut, mit dem er den Kampf geführt hatte. Es war still geworden um den Besiegten. Mit der Zeit verziehen ihm alle, die ihm wehgetan hatten; sie vergaßen. Er allein vergaß nichts. Der alte Mann lag da und wartete darauf, daß das Tageslicht durch die

Luke der winzigen Dienstmädchenkammer dringe, in die er sich endgültig zurückgezogen hatte. Er machte seinen Spaziergang zu früher Morgenstunde, dann blieb er in seinem Verschlag. Erst wenn er sicher war, daß sich seine Frau entfernt hatte, holte er den Rolltisch mit der Mahlzeit herein. Er wollte niemanden sehen außer den Sohn; doch Albert kam nicht oft genug. Der Vater warf es ihm nie vor.

Der alte Arzt hätte sich leicht den Tod geben können, ihm fehlte es nicht an schnellwirkenden Giften. Er verbot es sich; der Tod sollte kommen. Er erwartete ihn fast mit Schadenfreude, wie ein Schuldner den Gläubiger, der nichts mehr zu pfänden finden wird.

Es ist nicht wahr, berichtigte sich Albert; niemand wartet auf den Tod. Niemand? Man harrt auf das Ende eines Schmerzes und meint, selbst der Tod wäre willkommen, wenn er allein vom Leiden befreien könnte. Es ist die magische Heuchelei des Spielers, der alles auf eine Karte setzt und ausruft »Diesmal verliere ich gewiß«, um sich die Gunst des Geschicks zu erschleichen.

Es mochte ihm schwer sein zu entdecken, was der schwarze Zaun in seinem Traum bedeutete und warum dieses banale Bild ihn geweckt hatte. Er schloß die Augen, beugte den Kopf vor; er »leerte« sich aus, um wie ein Gefäß zu sein, das alles auffängt, was hineintropfen will. Er lauschte, als müßte sein Ohr ganz ferne, leise Laute erraten. Dem Gedächtnis war alle Macht gegeben: nun durfte es seine Hexerei beginnen und aus den Falten des Vergangenen hervorholen, was vergessen, verdrängt war; vielleicht auch, weil es im Augenblick des Geschehens unwesentlich zu sein schien.

Ein Geräusch. Es kam aus dem anstoßenden Ordinationszimmer. Gerlan fand seine Tochter auf dem Teppich neben dem Tisch. Als der Lichtstrahl sie traf, wandte die Schläferin das Gesicht vollends dem Boden zu, hob die Hand, um es abzuschirmen, und schob die hochgezogenen Knie noch näher an ihre Brust.

Albert überlegte, ob er sie aufheben und zu Bett bringen sollte, wie er es seinerzeit oft getan hatte, als der Schlaf die kleine Maria überwältigte, gewöhnlich in einem einzigen Augenblick – an heißen Sommernachmittagen, an den Winterabenden, wenn sie sich neben den Heizungsröhren zusammenkauerte. Aber nun war sie eine junge Frau. Die Verzweiflung über ihren Vater hatte sie ermüdet und eingeschläfert – oder jene Trauer über sich selbst, mit der man immer wieder kindlich Abschied nimmt von seiner Kindheit.

»Maria, wach auf, ich werde dich rasch nach Hause fahren«, sagte er leise.

Endlich fuhr sie hoch: »Ich weiß gar nicht, wie ich eingeschlafen bin«, sagte sie, als müßte sie sich entschuldigen. Sie besaß die Schlüssel zur nahen Wohnung einer Freundin; dort erwartete sie ein Bett; es wäre also nicht nötig, daß der Vater ihretwegen seine Nachtruhe unterbrach. Schließlich willigte sie ein, daß der Vater sie nach Hause bringe.

Sobald sie das Weichbild der Stadt hinter sich hatten, breiteten sich vor ihnen die zwei Silberbänder aus: die Landstraße und, zu ihrer Linken, der Fluß.

»Zunehmender Mond«, sagte Maria. »Das bedeutet, daß alles noch gut werden kann.«

»Ja, alles«, erwiderte Gerlan. »Eines Tages wirst du in einem gleichgültigen Zusammenhang den Namen eines jungen Mannes erwähnen, zwei Tage später wirst du den selben Namen ohne jede Notwendigkeit dreimal ins Gespräch einflechten, dann . . .«

»Aber ich spreche nicht von mir, sondern von uns allen, von dir und der Mutter.«

»Was weißt du denn von mir?«

»Ich weiß alles von dir, aber manchmal denke ich, daß ich nichts von dir verstehe«, meinte Maria nachdenklich. »Und das ist unerträglich.«

»Warum unerträglich?«

»Weil ich Vertrauen haben muß zu dir, grenzenloses Vertrauen, sonst könnte ich nicht leben.«

War er damals fünf Jahre alt? Gewiß jünger als sechs Jahre, denn er kannte noch nicht die Last der Schule. In einer Sommernacht ging er mit seinem Vater ganz allein durch die Straßen des Kurorts, in dem sie der Mutter zuliebe den Sommer verbrachten. Warum schlief er noch nicht – es mußte spät sein, sie begegneten niemandem mehr? Ach ja, es war der Theaterabend, der erste seines Lebens; und er hatte fürchterlich geendet.

»Bist du wieder eingeschlafen, Maria?« fragte er,

ehe er den Wagen zum Stehen brachte. »Was ich von jedem Menschen, den ich verstehen will, wissen muß, das ist, wann er zum ersten Mal der Erniedrigung begegnet ist, welcher Art sie war und warum und wieso er sie erkannt hat.«

»Willst du etwas erzählen oder erklären?«

»Erzählen, Maria, nur erzählen.«

»Gut, das werde ich verstehen.«

Er forschte nach dem Bild des entscheidenden Ereignisses an jenem Abend; doch die Erinnerung drängte ihm das Bild des reichen Laubs auf, das die Platanen krönte; als sie sich dem Gartenrestaurant näherten, hatte er zuerst die leuchtende silberne Hülle erblickt, die wie aus leise bewegten Plättchen zusammengefügt war. Unten, am Zaun entlang, standen die »Armen«, die niemand zum Spektakel eingeladen hatte; auch Kinder waren dabei. Doch über der wartenden Menge, deren Kleider das Mondlicht grau färbte, leuchteten die Bäume – dem Kinde waren sie erhabene Wesen.

»Als Kind liebte ich nicht die Sonne, sondern den Mond. Gold fand ich häßlich und verachtete die Menschen, die es rühmten oder verehrten; ich zog das Silber vor.«

»Gibt es dafür eine psychologische Erklärung?« fragte die Tochter.

»Ja, aber sie ist ohne Belang. Ich habe dir versprochen, nicht zu erklären, sondern nur zu erzählen.«

Der Garten war hell erleuchtet, der Kellner führte sie zum reservierten Tisch ganz nahe der

Bühne. Auf dem roten Vorhang stießen grünliche pausbäckige Engel in lange goldene Trompeten.

»Als ob . . . mein Vater fürchtete, ich könnte, was auf der Bühne geschehen sollte, zu ernst nehmen, darum erklärte er dem Kind, was das ist: *als ob.* Die Schauspieler werden verkleidet sein und sich geben, als ob sie nicht sie selbst, sondern ganz andere Menschen wären. Vielleicht werden sie einander gar schlagen, aber ich soll es wissen, daß es sich nicht um Schläge handelt, die weh tun, sondern um Gebärden. Es war stets sein Wunsch gewesen, daß ich Arzt werden sollte wie er; aber an jenem Abend hat er mich mit diesem Als-ob in die Psychologie eingeführt.«

»Und was geschah danach?« fragte Maria, als Gerlan verstummt war.

Er hätte ihr von seinem Vater erzählen mögen. Nicht von dem alten vergrämten Mann, den sie einige Male gesehen hatte, sondern von dem jungen Mann im weißen rohseidenen Anzug, der sich im sommerlichen Garten dem kleinen Jungen liebevoll zuwandte, bemüht, seine empfindliche Seele vor jeglicher Trübung zu schützen.

»Ich habe nie jemanden so geliebt wie meinen Vater an jenem Abend«, sagte Albert. »Es gibt im Leben eines jeden Menschen nur einige Stunden, in denen Sein und Liebe eins werden und sein Wesen nichts ist als dieses Gefühl. So grenzenlos ist die Liebe selten zwischen den Geschlechtern; es verwirklicht sich nur in den seltenen Augenblicken, in denen zwei Generationen in eine einzige zu verschmelzen scheinen, verbunden durch das Vertrauen, wie man es sich selbst nur selten einflößt.«

»So liebte ich dich«, sagte die Tochter. Sie errötete, auch weil ihr bewußt wurde, daß sie hätte sagen müssen »So liebe ich dich«.

»Endlich wurde der Vorhang hochgezogen, nicht ohne Mühe und Zwischenfälle – das ergab den ersten Lacherfolg, den die armselige Komödiantentruppe errang. Die Szene spielte auf einem Platz vor einem Gasthof. Viele Jahre später erst sollte ich entdecken, daß das Stück – es war Goldonis »Diener zweier Herren« – gekürzt und verschandelt aufgeführt wurde – nein, worden wäre; denn sie sind über den ersten Akt nicht hinausgekommen. Doch zu Beginn war alles wunderbar. Trotz des warnenden Als-ob widerstand ich nicht der Verführung des Truffaldino, dieses Tausendsassas, der gleichzeitig überall zur Stelle war, der so reizend log, daß man ihm eher glauben wollte als jenen, die reizlos die Wahrheit sagten, und der auf so lustige Weise hungrig war. Verschwand er, so wartete ich darauf, daß er doch sogleich wieder erscheine: er und seine grünen Hosen, sein rotes Jäckchen und seine blauschwarzen Locken über den lachenden Augen und seine rosigen Wangen.«

Albert brauchte nur die Augen zu schließen und er sah das Kind im Matrosenanzug, das gespannt auf die Bühne blickte und den Schatten abwehrte, der sich ihm immer wieder näherte: die Ahnung, daß das Glück nicht dauern werde. In diesem Augenblick fühlte Albert sich eins mit dem kleinen Jungen, mit ihm, doch nicht mit dem erfolgreichen jungen Mann, in den er sich zwanzig Jahre später verwandelt hatte.

»Ich widerstand nicht der Verführung des Truffaldino, sagte ich. Aber was ist aus dem Ich, das nicht widerstand, geworden? Du selbst, Maria, bist jetzt zwanzig Jahre alt – fühlst du dich eins mit dem kleinen Mädchen, dem der Vater vor fünfzehn Jahren zum ersten Mal das Meer zeigte?«

»Ich weiß es nicht. Erzähl weiter, ich möchte endlich erfahren, was an diesem Abend geschehen ist und worin da die Erniedrigung lag.«

»Das war gleich zu Beginn des zweiten Aktes. Plötzlich tauchten uniformierte Männer auf, die sich zwischen uns und der Bühne postierten. Ihr Anführer rief zu Truffaldino und seinen Italienern hinauf: ›Sofort aufhören! Das Spektakel ist verboten. Im Namen des Gesetzes verhafte ich die ganze Truppe wegen Vorspiegelung falscher Tatsachen, wegen Zechprellerei und wegen Vagabundierens.‹ Der Mann nahm den Stuhl, auf dem der Stock meines Vaters lag, schob ihn an die Bühne heran, und schon stand er neben Truffaldino, der sagte: ›Bitte, lassen Sie uns doch spielen, dann werden wir die Schulden beim Gastwirt bezahlen. Bitte, haben Sie doch ein Einsehen, wir sind keine Verbrecher, sondern unglückliche Künstler.‹ Doch schon waren alle Polizisten auf der Bühne.«

Albert fand es plötzlich schwer, seiner Tochter die Ereignisse dieses Abends der Reihe nach zu berichten. Die Bilder, die sich ihm mit einer ungewöhnlichen Deutlichkeit darstellten, folgten einander nicht schnell genug, jedes schien verharren zu wollen. Der Wachtmeister hatte Truffaldino gepackt, er hielt seinen Arm mit der einen Hand, mit der anderen war er ihm – vielleicht aus Ungeschick – an die Stirn gefahren und hatte ihm die Perücke vom Schädel weggeschoben, so daß plötzlich der kahle Kopf zu sehen war.

Alle Bewegung in diesem Bild war auf einmal zum Stillstand gekommen. Dem Erzähler war es, als dringe ihm jetzt wieder, genau wie in jener fernen Nacht, der Schrei des Schreckens aus der Kehle. Das Kind wußte nicht, daß es Perücken gab, und glaubte, der Polizist hätte die schwarzen Locken herausgerissen. Damals geschah es zum ersten Mal, daß Albert fremdes Leiden mit so maßloser Schmerzhaftigkeit empfand, daß er glauben mußte, das Furchtbare wäre ihm selbst geschehen.

Ein zweites Erinnerungsbild zeigte ihm, wie er diese herrlichen Locken, die plötzlich zu seinen Füßen lagen, mit der Fingerspitze berührte und wie ihn sogleich ein mit Angst vermischter Ekel überkam. »Laß die Perücke, sie ist sicher schmutzig«, hörte er den Vater sagen. Das Kind wollte fragen: »Was ist das, eine Perücke?«, aber da war der Lärm rundherum betäubend geworden. Auch der Vater schrie, und nun stand er gar auf der Bühne, von der die Häuser und die Bäume verschwunden waren. Die Leute hatten die Dekoration umgeworfen und traten auf ihr herum.

»Wie mir der Vater später erklärte, hatten die

Komödianten beim Gastwirt ihre Koffer versetzt, in denen sie ihre Kostüme verwahrten. Der Gläubiger war also gewiß, daß sie bezahlen würden, da sie ja ohne die Gewänder nicht spielen konnten. Daher fühlte er sich betrogen, als er erfuhr, daß sie diesen Abend eine Galavorstellung gaben, und hetzte ihnen die Polizei auf den Hals, damit die ihnen die Kostüme vom Leib reißen sollte.«

»Ich weiß noch immer nicht, was an diesem Abend für dich die Erniedrigung war«, sagte Maria gereizt. »Eine unterbrochene Vorstellung . . .«

»Das Erlebnis ist schwer wiederzugeben«, gab Gerlan zu. »Der Augenblick der tiefsten, der unheilbaren Erniedrigung, das war, als Truffaldino seine rote Jacke auszog, sie umdrehte – und da war's ein schäbiger, brauner Rock. Und als er die grünen Hosen auszog – ach, wie häßlich er war und wie alt! – da waren es schäbige, zerknüllte graue Hosen. Von aller Schönheit blieb nichts als die rote Farbe auf den Wangen, doch auch sie verschwand bald, weggewaschen von den Tränen, die der alte Mann aus Wut und Scham vergoß.«

»Ich verstehe nicht, warum dieser Vorfall auf den kleinen Jungen so tief gewirkt hat. Der Schauspieler ist nicht wirklich erniedrigt, er ist nur enthüllt worden; nur der Schein der Schönheit ist zerstört worden. Nein, ich verstehe nicht, wirklich . . .«

Mein Vater verstand, dachte Gerlan und ließ den Motor wieder an.

»Warum antwortest du mir nicht?« fragte Maria. »Gibt es irgendeinen Zusammenhang zwischen jenem Erlebnis und deinem jetzigen Verhalten. Ich sehe ihn nicht. Wenn es ihn nicht gibt, warum hast du mir all das erzählt?«

Sie wartete vergebens auf seine Antwort. Erst als sie angekommen waren, sagte er:

»Alles hängt zusammen, das ist eine Binsenwahrheit. Das Erlebnis jener Nacht hat nie aufgehört, auf mich zu wirken; ich habe seine Bedeutung nie ausgeschöpft. Es ist heute das erste Mal, daß ich zu jemandem davon spreche. Warum? In jener Nacht half mir der Vater; heute nacht ist es mir gewisser denn je, daß ich ihm nie geholfen habe. Und du, Maria, kannst mir nicht helfen.«

»Warum nicht?«

Er wollte ihr antworten: Weil niemand seinem eigenen Kinde Kind ist. Nur jene Kranken behandelte er mit einigem Erfolg, die ihm für einige Zeit Kinder wurden. Doch sagte er ihr nichts von alldem, denn es war nicht die ganze Wahrheit. Es gab auch die Brüderlichkeit; er aber war nie ein Bruder gewesen. Darum hatte er Walter Dorten nicht retten können.

Maria ging auf das Tor zu. Das weiße Haus glich einem Schiff, das weit vom Hafen Anker geworfen hatte. So hatte er es sich gewünscht, mit den seitlichen Terrassen, die wie Schiffsbrücken vorspringen sollten, mit der Dachterrasse, die dem Blick alles freigab: die Stadt, die Mäander des Flusses, die Hügel und die Gärten im Süden.

Maria wandte sich um und sagte laut, als ob ihn nur ein Ruf noch erreichen könnte: »Wir alle lieben dich – Vater, hörst du mich?«

Er wünschte ihr eine gute Nacht und fuhr in die Stadt zurück. Nun war er ganz allein mit seinen Erinnerungen an jene fernen Stunden und an den Vater; der hatte der Schauspielertruppe geholfen, ihre Schulden bezahlt und ihnen das Reisegeld gegeben. Um das Kind vollends zu beruhigen, hatte er den langen Umweg durch den Park gewählt. Er hielt die Hand des kleinen Jungen, auch nachdem sie aufgehört hatte zu zittern. So gingen sie langsam nach Hause, der Mond begleitete sie, schien es Albert. Er schwamm über ihren Köpfen sachte dahin.

Truffaldino war nun seit Jahrzehnten tot, der Vater vor sechs Jahren gestorben. Albert Gerlan blieb der einzige unter den Lebenden, dem jener sommerliche Zwischenfall zum Ereignis geworden war. Warum in ihm diese Erinnerung gerade diese Nacht so lebhaft aufgestiegen war – nach dem Traum vom schwarzen Zaun? Er fand die Antwort nicht, doch vertraute er darauf, daß sie sich eines Tages von selbst einstellen würde. Er hatte es gelernt, nicht ungeduldig zu sein und in allem den Jahreszeiten zu vertrauen, auch denen des eigenen Lebens.

Viertes Kapitel

»Der Einarmige ist wiedergekommen, schon vor einer halben Stunde. Wenn Sie ihn überhaupt empfangen wollen, jetzt wäre die Gelegenheit. Es ist erst sechs Uhr, und Frau Heller läßt sich entschuldigen. Ich habe sie für übermorgen bestellt«, berichtete Frau Behrens. Ihr Arbeitstag war beendet; wenn Gerlan den Fremden, der nicht wegen einer Behandlung, sondern »in einer besonderen Angelegenheit« kam, empfangen wollte, so war das seine Sache. »Besondere Angelegenheiten« lagen außerhalb ihrer Berufspflicht, derentwegen brauchte sie keine Minute zu verlieren. »Es ist schon das vierte Mal, daß er kommt. Wenn er nicht ein Krüppel wäre, hätte ich Angst vor ihm. Dabei wissen Sie ja, Herr Doktor, daß ich vor niemandem Angst habe.«

Sie nickte ihm zu und verließ ihn schnell. Ihr sicheres Gefühl für gute Abgänge verbot es ihr, diesmal die übliche Frage zu stellen, ob sie noch etwas für ihn tun könnte.

Niemand ist sich selbst eine komische Figur, dachte Albert. Daß die Behrens mich beherrschen will, erscheint nur mir lächerlich, nicht ihr. Jedem ist das eigene Sein ernst wie die Natur selbst; einzelne Gebärden und Handlungen mag man lächerlich finden, doch niemals das eigene Wesen. Nur wer sich selber feind ist . . . Albert winkte sich selber ab mit einer Handbewegung, die einen Freund davon zurückhalten soll, eine gar zu oft gehörte Anekdote zu wiederholen. Er ging den Besucher aus dem Wartezimmer holen.

»Verzeihen Sie, daß ich Sie erst heute empfange. Leider habe ich auch diesmal nur wenig Zeit für Sie. Bitte, nehmen Sie doch Platz!«

»Ich heiße Giladi, Benjamin Giladi«, sagte der Fremde, noch ehe er sich setzte. »Es mag sein, daß einige Minuten genügen werden. Ich komme in einer Angelegenheit, die einen Ihrer Patienten betrifft. Er heißt Theo Laurentz. Sie wissen – oder vielleicht wissen Sie es nicht –, daß er ein Massenmörder ist; er war zwei Jahre lang Ausrottungsspezialist im Vernichtungslager Treblinka.«

»Sie irren sich«, begann Gerlan, doch fügte er nicht hinzu »denn ich kenne keinen Theo Laurentz«. Der Blick der blauen Augen hinter den dikken Brillengläsern ließ ihn verstummen. Der Mann war seiner Sache sicher. Albert las in seinem breiten mageren Gesicht Klugheit und Tatkraft und beherrschtes, doch nicht vergessenes Leid. Er sagte: »Keiner meiner Patienten nennt sich Theo Laurentz; keiner von ihnen ist ein Mörder.« Er fügte schnell hinzu: »Soweit ich weiß.«

»Es handelt sich um einen etwa dreißigjährigen Mann. Sie haben ihn in der vorigen Woche Montag und Mittwoch vormittags, Freitag und Samstag nachmittags empfangen. Das letzte Mal war er vorgestern bei Ihnen, Dienstag zwischen zehn Uhr 55 und elf Uhr 50. Er ist mittelgroß, blond, beginnende

Glatze. Er hat einen leichten Tick: er fährt sich mit der Hand an die Stirn und läßt sie schnell übers ganze Gesicht gleiten. Nun wissen Sie, wen ich meine.«

Ja, Gerlan wußte, doch nahm er seinen Terminkalender zur Hand und blätterte darin, als müßte er zunächst einmal überprüfen, ob die Angaben Giladis stimmten, ob er tatsächlich zu den angegebenen Tageszeiten diesen Patienten empfangen hatte. Endlich stimmte er zu:

»Ja, nun weiß ich, wen Sie Laurentz nennen. Der Name ist falsch, der richtige ist Thomas Liebmann. Mein Patient ist ein Jude, sein Vater war es jedenfalls, ein seinerzeit wohlbekannter Ingenieur und Industrieller in Norddeutschland, der in Südfrankreich – wohl gegen Ende 1943 – zusammen mit seiner Frau Selbstmord begangen hat. Sie sehen also, daß eine Verwechslung vorliegt. Liebmann hätte in einem Nazilager umkommen, aber niemanden umbringen können.«

Giladi schwieg, als erwarte er weitere Beweise dafür, daß es sich um eine Verwechslung handelte. Ich habe ihm nichts mehr zu sagen, er könnte nun gehen, dachte Albert, doch blieb er stumm, weil ihm sein eigenes Unbehagen verdächtig wurde. Ist es also nicht sicher, daß der Fremde sich irrt? Da ich weiß, daß Liebmann mein Patient ist, woher der Zweifel? Sein Onkel hat ihn mir im September geschickt, also kenne ich den Fall seit zwei Monaten. Was weiß ich von ihm? Ich kenne seine Kindheit, einige aufschlußreiche Erlebnisse, einige Träume aus früher Jugendzeit, schließlich seine gegenwärtigen Schwierigkeiten: Schlaflosigkeit, die Unfähigkeit, einer regelmäßigen Tätigkeit nachzugehen, zeitweilige nervöse Herzbeschwerden, schließlich ein vehementes *taedium vitae* und eine für sein Alter erstaunliche sexuelle Enthaltsamkeit, Impotenz wahrscheinlich – er läßt es nicht auf die Probe ankommen. Während der ganzen Behandlungszeit nur ein Traum, ein Bruchstück: Er ist auf dem Weg zu einer weißen Holzhütte, er sieht sie deutlich auf dem kleinen Hügel, dem er zustrebt, doch hindert ihn jemand – ein alter Mann, vielleicht eine Frau –, den Hügel zu erklimmen. Würgende Angst weckt ihn.

»Halten Sie es für einen Zufall, daß Th. L. die Anfangsbuchstaben der beiden Namen sind?« fragte Giladi.

»Was folgern Sie daraus?«

»Daß mein Theo Laurentz Ihr Thomas Liebmann ist. Sie denken natürlich an sein neurotisches Leiden, ich an seine Opfer, an seine ungesühnten Taten. Da Sie nichts von dieser seiner Vergangenheit zu wissen scheinen, können Sie mir nicht die Frage beantworten, die ich Ihnen stellen wollte. Somit war mein Kommen sinnlos, verzeihen Sie.«

»Bleiben Sie noch», sagte Gerlan. »Ich habe jetzt Zeit für Sie, viel Zeit, bis morgen um acht Uhr früh. Bevor Sie mir die Frage stellen, wollen Sie mir bitte sagen, wer Sie sind? Und warum Sie sich für diesen Laurentz interessieren. Wer ich bin, das wußten Sie natürlich, bevor Sie zu mir kamen.«

»Ich heiße erst seit einem Jahr Giladi, früher hieß ich Edi Rubin.«

»Warum unwichtig?«

»So wertvoll ein Krug auch gewesen sein mag, man wirft seine Scherben weg, wenn man sie nicht zusammenleimen kann ... Ein Flugzeug brächte mich in weniger als zwei Stunden in jene Stadt zurück, die mir Heimat gewesen ist. Es hat sich dort nur wenig geändert, fast alles steht am alten Platz, auch unser Haus, die Schulen, in denen ich gelernt habe, mein Laboratorium. Selbst die Parkbank, auf der ich das erste Mal ein Mädchen umarmt habe, mag sich noch immer unter demselben Lindenbaum befinden. Nichts ist so unfaßbar wie die Beständigkeit des Raumes, von dem man sich für immer entfernt weiß.«

Der Mann ist gewiß Jude, dachte Gerlan; wahrscheinlich stammt er aus Österreich, aus Wien.

»Sie waren wohl selbst in einem Lager?« fragte er. »Haben Sie dort Ihren Arm verloren?«

»Nein. Meine Frau und mein Sohn sind in Treblinka umgekommen. Vergast ... Meinen Arm habe ich voriges Jahr verloren – auf einem Hügel in Judäa, bei einem Angriff auf ein arabisches Dorf. Man gewöhnt sich schnell an die Einarmigkeit, man gewöhnt sich niemals an sie – beide Aussagen sind gleich wahr.«

Gerlan nickte zustimmend: »Man kann alles, man kann nichts vergessen; von diesem scheinbaren Widerspruch leben wir Psychologen. Sie wollen nicht vergessen, nicht wahr?«

Giladi blieb stumm. Er ließ seinen Blick im Raum schweifen, dann sah er Gerlan an, nicht prüfend, sondern als wollte er sich die Züge des Arztes einprägen. Schließlich meinte er: »Gesetzt den Fall, Ihr Liebmann ist mein Laurentz: Würden Sie bestreiten, daß er für seine Taten voll verantwortlich ist? Ich stelle diese Frage, weil einer gekommen ist, ihn zu richten.«

»Gesetzt den Fall, sagen Sie . . .«

Albert legte schnell die Zigarette, die zwischen seinen Fingern zitterte, in den Aschenbecher. Die unmenschliche Furchtlosigkeit dieses Mannes ist es, was mir Angst macht, sagte er sich. Ihm schien es, als ob der Schatten aus den Zimmerecken in den Lichtkreis der Tischlampe dränge. Er stand auf und ging zur Tür. Das Deckenlicht verscheuchte den Schatten sofort.

»Was trinken Sie?« fragte er, während er Flaschen und Gläser auf den Tisch stellte.

»Das gleiche wie Sie«, antwortete Giladi, der mit Mühe seinen schweren Körper aus dem Stuhl hob; er ging um den Tisch herum und stellte sich neben Gerlan, der bedächtig einschenkte. Er sagte: »Denken Sie nicht, daß es sich um Rache handelt. Es ist nie zu spät für sie, das ist wahr, aber ich weiß, daß sie mir nicht den geringsten Trost bieten würde und sicher nicht das Vergessen. Auch ist es wahr, daß meine Frau und mein Sohn in jedem Falle vernichtet worden wären, selbst wenn dieser Laurentz sich nicht in jenem Lager befunden hätte. Dies alles habe ich bedacht . . . Sie beobachten mich die ganze

Zeit, Sie wissen also, ich bin meiner Sinne mächtig.«

»Gewiß«, gab Gerlan zu, »aber Sie sind besessen, Sie sind in der Macht des Hasses.«

»Sie müssen das denken, doch irren Sie sich. Haben Sie noch etwas Zeit für mich? Es ist nämlich wichtig, daß Sie alles ganz genau verstehen.«

Das war halbverbrannter Mörtel, den Edi sich vom Gesicht wischte. Ihm schien's, der Wind dringe von überall auf ihn ein; er staubte die seit langem erkalteten Brandstätten ab und streute auf Gewänder und Gesichter den zerriebenen Schutt von Fundamenten, die einst Häuser getragen hatten. Edi Rubin richtete sich auf, er stellte sich hin, als wollte er den Wind angreifen. Alle Gewalt, der er begegnete, war ihm Herausforderung, machte ihn gewalttätig.

Einige Schritte vor ihm erhob sich dreistöckig die Ecke einer Mauer, eine Kulisse ohne First und ohne Dach. Die Tapeten der aufgeschlitzten Zimmer waren gut sichtbar. Unter roten Blumen auf gelbem Grund zogen sich graue Streifen hin, die weiße Quadrate horizontal durchschnitten. In der zweiten Etage hing ein großer ärmlicher Rasierspiegel mit metallenem Rahmen auf einer weißgekalkten Wand, die der Rauch mit gespenstischen Reitern auf gefallenen Pferden geschmückt hatte.

Wieder heulte der Wind auf, die Mauer schwankte, der Spiegel schien sich von der Wand abzulösen, doch auf einmal verstummte das Geheul. Die Akkorde einer Orgel füllten einen Augenblick die Stille aus, ehe der Lärm des pfeifenden Windes wieder jeden Laut verschlang.

Nur nahe dem Altar, auf dem zwei gelbliche Kerzen brannten, stand eine Bank, sonst war die Kirche leer. Als Edi, den Orgeltönen folgend, die Wendeltreppe erreichte, erblickte er einen Priester, der sich für die Messe ankleidete.

»Spielen Sie auch?« fragte die Frau, zog schnell die Füße vom Pedal; sie betrachtete die Uniform. Endlich hob sie ihre Augen. »Ein Wunder: die Orgel ist unbeschädigt. Wollen Sie?« fragte sie zu laut. Sie erhob sich halb, wie um Edi Platz zu machen. In ihrer Haltung waren die Furcht und die demütige Freundlichkeit einer zu früh gealterten Frau, die hofft, doch nicht mehr glaubt, daß sie noch verführen könnte. Ihr war dieser Mann mit dem schmerzlich verschlossenen Gesicht der Sieger, dem alle Macht gegeben ist. Sie hätte wissen mögen, ob der Fremde ein Amerikaner, ein Franzose oder ein Engländer war, doch merkte sie, daß er Deutsch verstand. Da er stumm blieb, fuhr sie fort: »Die Stadt hat furchtbar gelitten, Sie haben 's ja gesehen. Die Vernichtung ist das Werk zweier Nächte. Es geschah im Februar, ganz nahe dem Ende. Eigentlich unbegreiflich, sozusagen sinnlos . . . Sie verstehen doch Deutsch?«

Er nickte und sah ihr endlich ins schmale, farblose Gesicht, auf den halboffenen zarten Mund.

»Es ist merkwürdig«, meinte sie, gleichsam ermutigt, »alles liegt in Trümmern, aber die Stadt ist überfüllt. Doch einem jeden ist's, als ob er ganz allein wäre, allein zwischen den Ruinen. Jedenfalls fühle

ich es so, deshalb komme ich hierher. Pater Andreas erlaubt mir zu spielen. Ich bin eigentlich Pianistin – Musik ist das einzige Mittel gegen Einsamkeit, nicht wahr? . . . Pater Andreas ist unten, wenn Sie vielleicht wegen der Beichte gekommen sind.«

Edi erwiderte: »Nein, danke, nein – ich bin Jude.«

»Ach, verzeihen Sie«, stammelte die Frau. »Ich dachte nur . . .«

»Mich hat der Wind in die Kirche getrieben und die Neugier, das Gesicht des Organisten zu sehen. Ich hoffte, es würde ein uralter Mann sein, ohne Schuld an allem, was geschehen ist.«

»Auch ich, ich bin durchaus unschuldig«, erklärte die Frau erregt. »Ich habe den Ihren nichts Böses getan. Hören Sie doch, ich bin unschuldig«, rief die Frau Edi nach, der langsam die Wendeltreppe wieder hinunterstieg.

»Das war im November 1946«, sagte Giladi, »ich war als Kriegskorrespondent in das verwüstete Deutschland gekommen. Noch trug ich meinen alten Namen Eduard Rubin, doch hatte ich schon mehrere Existenzen hinter mir: die eines Biologen, die eines Flüchtlings, der sein Leben als Bridgelehrer älterer Damen gefristet hatte; die eines Freiwilligen in der französischen Armee, den man nicht gegen den Feind, sondern nach Afrika geschickt hatte, in die Kasernen der Fremdenlegion. Ich war im besetzten Polen Anführer einer winzigen jüdischen Partisanengruppe, die elend zugrunde gegangen ist;

dann schlug ich mich nach Palästina durch. Dort lebte ich bis zum Kriegsende in einer landwirtschaftlichen Siedlung orthodoxer junger Juden. Ich wollte lernen, an Gott zu glauben, um in allem gemäß seinen Geboten zu handeln. Es gelang mir nicht, wahrscheinlich eben wegen dieser Laurentze, die die Erde bevölkern. Darum verließ ich im Sommer 1945 Palästina und ging nach Deutschland. Es mag Sie interessieren: Der Anblick der Verwüstung erzeugte in mir nur Trauer und keineswegs Genugtuung über die strafende Gerechtigkeit. Ich brauchte die Uniform des Kriegskorrespondenten – ihr verdankte ich die Bewegungsfreiheit, aber ich ertrug sie schlecht. Die Niederlage des Feindes hat mein Unglück nicht geheilt.«

Schmitt, der Mann mit der roten, T-förmigen Narbe auf der Stirn, sagte: »Sie sind pünktlich, das schätze ich. Ich konnte mich hier nicht länger aufhalten. Dicke Luft hier am Bahnhof. Nämlich . . .«

»Kommen wir zur Sache: Was haben Sie mir mitzuteilen?« fragte Edi Rubin.

»Also sicher, ganz sicher ist niemals nichts. Um so mehr 200 Zigaretten – das ist schon was; aber wenn es keine amerikanischen und keine englischen sind, sondern französische, dafür, sage ich, kauft man nicht ein Gewissen. Jedenfalls nicht im Handumdrehen.«

»Was haben Sie mir mitzuteilen?« wiederholte Edi.

»Ja, ja zur Sache. Also, es wäre unter Umständen möglich, daß wir ihn hätten, den gesuchten Vogel. Soweit stimmt alles, die Beschreibung stimmt. Scheint auch zu stimmen, daß er spricht wie einer von der Waterkant. Um fast genau zu sein: er versteckt sich in der Altstadt, in einer der Ruinen hinter dem Dom. Gut, aber wie der Dichter sagt: Von der Lippe bis zum Kelchesrand – Sie verstehen, was ich meine –, da wird's verflucht schwer, da gibt es verschiedene Interessenten dazwischen. Denen öffnet man nicht den Mund mit ein paar französischen Zigaretten. Nee, da braucht man schon etwas Solideres: französischer Cognac wäre hochwillkommen, ein halbes Dutzend Nylonstrümpfe – das ist wichtig; da ist eine junge Dame mitten drinnen im Spinnennetz.

»Was hat sie mit dem Mann zu tun?«

»Den Verschlag teilt sie mit ihm und vielleicht auch das Bett. Marlies, so nennt sie sich; es scheint, es ist eine seelische Freundschaft zwischen den beiden. Denn beruflich ist besagtes Marlieschen natürlich eine Hure.«

»Ich brauche sie nicht.«

»Um mit ihr zu schlafen, brauchen Sie sie nicht, aber um ganz nahe an den Vogel heranzukommen, da hätten wir sie verflucht nötig.«

»Die würde also ihren Freund verraten?«

»Verraten, mein Herr, das ist ein großes Wort. Viel zu groß für die lausigen Zeiten. Marlies sagt, sie will ein neues Leben anfangen mit einem Herrn in Berlin, der verwitwet sein dürfte oder jedenfalls leicht verwitwen könnte und sie dann heiraten soll. Wenn es so

eine packt und sie will partout anständig werden . . .«

Gerlan fragte:

»Wußte dieser Schmitt, erfuhr dieses Mädchen, warum Sie den Laurentz suchten? Welchen Vorwand benutzten Sie?«

»Ich brauchte keine Vorwände«, antwortete Giladi, »keiner fragte nach Gründen . . . Zwei Tage später traf ich das Mädchen in einem Nachtlokal, das einem Museum für Fälschungen glich: weder die Kellner noch die Musiker, noch die Gäste waren, was sie zu sein vorgaben; selbst die Getränke waren zumeist gepanscht. Und es genügte, die Offiziere der siegreichen Alliierten, die Repräsentanten der Besatzungsmacht, zu beobachten, um zu erkennen, daß mancher Sieg schon wenige Tage, nachdem er errungen worden ist, noch häßlicher sein kann als die Niederlage.«

»Unwahrscheinlich, daß diese Marlies Sie nicht danach gefragt hätte, was Sie eigentlich von ihrem Freund wollten.«

»Das erste Mal wich ich aus, das zweite Mal – es war gegen Ende der Nacht –, da sagte ich ihr die Wahrheit; doch verstand sie meine Worte nicht. Ihr war alles gleich, sie war betrunken.«

Es schneite seit den frühen Morgenstunden. Der Schnee verhüllte die Ruinen. Man konnte denken, daß die hochragenden Mauerreste Maste von Schif-

fen waren, die in vereisten Häfen ihre Gefangenschaft verschliefen.

Das habe ich genau so in meinem Traum gesehen, dachte Edi, tief bewegt wie immer, wenn das Unbekannte in ihm eine unmögliche Erinnerung hervorzurufen schien, das beunruhigende Gefühl, all das schon vorher erlebt zu haben, was doch in Wahrheit neu war und unbekannt. Zuerst erwog er, den Platz zu verlassen, die Stadt und das Land und seinen Plan aufzugeben; denn auf einmal erschien ihm sein Unternehmen sinnlos und überdies zum Scheitern verurteilt. Die Pistole, die seine Hand in der rechten Manteltasche umspannte, und die kleine Granate in der linken dünkten ihn auf einmal lächerliche, gefährliche Spielzeuge, mit denen ein Halbwüchsiger sich selber imponieren will. Es war zehn Minuten vor vier Uhr, die Zeit, da Marlies und Schmitt ihn abholen und zu Laurentz führen sollten. Edis Jeep wartete in der Nebenstraße; das Fahrzeug konnte ihn sofort von diesen Verrätern wegbringen.

Er bemerkte jetzt erst die Leute am Sockel des Denkmals, von dem der reitende Kaiser verschwunden war. Ein Mann, eine Frau, ein junges Mädchen, ein Kind. Alle trugen Pelzmützen, lange Mäntel mit braunen Pelzkragen und Schaftstiefel. Edi ging auf die Gruppe zu. Er hörte den Mann sagen: »Nicht doch, Käthchen, das darfst Du Walterchen nicht sagen; er bildet sich dann Gott weiß was auf seinen Vater ein.«

»Aus Polen«, redete Edi vor sich hin, »das Pelzwerk und die Stiefel und wohl auch alles übrige – es

stammt aus Polen. Walterchen und Käthchen und der Vater und dieses junge Fräulein, sie alle haben geerbt. Ihr seid Glückspilze, Mörder – aber Glückspilze.«

»Wie können Sie .. was fällt Ihnen denn ein?« begann der Mann zu laut. Die Familie verließ schnell den Platz.

Es ist schon so, sagte sich Edi. Ich bin in der Heimat der Mörder.

Die beiden waren pünktlich auf die Minute. Edi wandte sich an Schmitt: »Nur zu Ihrer Information: Im Jeep, an dem Sie jetzt vorbeigekommen sind, sitzt ein ausgezeichneter Fotograf. In fünf Minuten wird er den Film entwickelt haben. Es wird ein Kinderspiel sein, Sie und Marlies dingfest zu machen, wenn ich heute abend nicht vor Mitternacht zurück bin.«

Schmitt schob seinen grünen Filzhut tiefer in die Stirn, als ob er seine Narbe vollends verdecken wollte. Er sah sich mißtrauisch um, er traute der Leere nicht und nicht der Stille. Ihm schien's, die Kadaver der Häuser starrten ihn lauernd an. Endlich sagte er:

»Was Sie mit dem Laurentz zu erledigen haben, das geht mich einen feuchten Kehricht an. Ich bin Gefühlsmensch, aber nur den Meinen gegenüber. Und zu Ihrer Information: Mir zu drohen hat noch keinem gut getan. Jetzt aber gehen wir, die Zeit steht nicht still, schon ist es Abend.«

Zuerst führte Schmitt, dann Marlies. Sie stiegen in das Loch hinunter, das zum Keller eines Hauses führte, von dem sonst nichts übriggeblieben war.

»Ich kann nicht so schnell«, sagte das Mädchen,

als es anhielt und mit seiner Taschenlampe die Wände ableuchtete. »Das ist komisch, ich kann tanzen bis übermorgen, aber wenn mir nicht ganz geheuer ist, da muß ich plötzlich hinken. Es ist eine Stelle gerade über der linken Ferse. Das ist so seit der Nacht, wo wir ausgebombt worden sind. Wie es dann vorbei war und ich und mein jüngerer Bruder, wir gingen Vater und Mutter suchen unter den Trümmern, und wir fanden sie nicht und nicht. Und da plötzlich stieß ich mir den Fuß an, eben den linken. Das war, als wenn einer ihn angezündet hätte. Ich schrie los wie eine Verrückte, so weh tat es. Und dann kamen die anderen heran und halfen uns. Gerade unter dem eisernen Balken, wo ich mir den Fuß dran gestoßen hatte, da fand man sie dann, die wo unsere Eltern gewesen waren. Von dem Tag an bin ich eine Doppelwaise. Und das Hinken, sagt Theo, das könnte damit zu tun haben.«

Schmitt wurde ungeduldig, sie gingen weiter. Häufig mußten sie sich, einer hinter dem anderen, durch Mauerspalten zwängen; die Keller eines ganzen Viertels waren so miteinander verbunden. Man konnte hier und da weiße Kreidezeichen ausmachen, die dem Eingeweihten genau anzeigten, wo er sich befand.

Ein Lichtstreifen fiel auf ihren Weg. Marlies sagte: »Nun sind wir ganz nahe. Hier können Sie dann wieder leicht hinaus. Sie kommen auf den Wilhelmsplatz. Zwar gibt's dort immer Wachen vor der Kommandantur, aber Ihnen werden die nichts tun. In der Nacht steige ich da gewöhnlich ein.«

»Und Theo?« fragte Edi.

»Nein, der hat's mit der Angst«, antwortete Marlies, »er behauptet, er ist leidend, doch weiß niemand, was er hat. Es ist ja wahr, er hatte es auch nicht nötig, was zu riskieren, ich habe ihn ja versorgt mit allem, hinten und vorn.«

»Warum?« fragte Edi, der hinter ihr ging und von Zeit zu Zeit Kreidezeichen an die Wand malte. »Warum haben Sie ihn versorgt? Und seit wann kennen Sie ihn eigentlich?«

»Ja, das ist eine ganze Geschichte. Nämlich wie ich einmal nach Hause komme, liegt ein fremder Mann auf meinem Bett. Und er sagt, er knallt mich nieder wie einen tollen Hund, wenn ich nur den Mund aufmache. Das sagt er aber gar nicht böse, sondern furchtbar traurig und müde. Ich bleibe natürlich stumm wie ein Fisch, und da erklärt er mir, daß er krank ist und nicht mehr von der Stelle kann und daß man hinter ihm her ist. Und er weiß gar nicht mehr, was Schlaf ist, sagt er. Und wie ich noch immer nicht weiß, was ich zu der Bescherung sagen soll, da steht er auf und sagt: ›Da nimm das Zeug und knall mich nieder!‹ Das spricht er so geradezu aus, und dann meint er, daß es wohl das Beste wäre und daß er jedenfalls nicht mehr fort könnte. Und er muß dableiben, tot oder lebendig. Und wie er das sagt und ich denke noch, wie werde ich nur den Irren wieder los, ja, da fängt doch dieser große Kerl plötzlich zu weinen an, ganz leise. Und es schüttelt ihn, daß ich's gar nicht mehr ansehen kann, und ich muß schließlich auch weinen. Ja, und dann bleibt er eben.«

Wie um sich zu entschuldigen, fügte sie hinzu: »Aber jetzt geht es sowieso nicht mehr weiter. Ich habe genug von diesem Kaff hier und den zwei einzigen Lokalen, wo man schon jeden kennt wie'n ausgetretenen Schuh. Ich muß zurück nach Berlin. Dort fange ich von vorne an, dort wird's echt.«

»Nur sechs Jahre ist es her«, sagt Giladi, »doch schon ist alles ganz anders, schon beginnen die Erinnerungen sich zu verwischen. Was das Walten des nackten Schicksals war, wird zur Anekdote, die man bei einem Glas Cognac zum besten gibt. Die flüchtige Allmacht der Gegenwart preßt das Vergangene zusammen, verdichtet es und schiebt es in einen dunklen Winkel, wie die faule Hausfrau Staub in die Ecke fegt ... Wie ein Tier, das sich nicht vertreiben läßt, so nistete damals die Angst in mir, Angst vor diesem Paar, das für einige Waren einen Menschen auslieferte; Angst vor den Ratten, die über unsern Weg liefen, vor einem Liebespaar, das auf unserm Weg lag und uns nicht durchließ, ehe es sich endlich aus der Umschlingung löste; ich hatte Angst vor der Begegnung mit Laurentz und Angst vor mir selbst, da ich zum ersten Male daran ging, bewußt und absichtlich einen Menschen zu töten ... Aber Sie wissen ja schon, daß ich ihn nicht getötet habe ... Sehen Sie, Doktor Gerlan: Alle Schwierigkeiten – und sie waren zahllos – hatte ich richtig eingeschätzt und überwunden vom Augenblick an, als ich Palästina verließ, bis zu jenem, da ich Laurentz endlich vor meiner Pistole hatte. Sie können's sich denken, es war wirklich nicht leicht, in diesem auseinandergeborstenen Deutschland, wo Millionen Menschen unterwegs waren, diesen einen flüchtigen Mann ausfindig zu machen. Es gelang, mir selbst scheint's heute ein Wunder. So hatte ich alles genau überlegt, jedes Hindernis überwunden, nur was am leichtesten schien . . .« Giladi verstummte.

»Was ließ Sie glauben, kaltblütig morden wäre das leichteste?« fragte Gerlan.

»Meine Gründe zu morden? Die Gründe, die es verbieten, daß die Laurentze ungestraft an unserem Leben weiter teilhaben sollen. Eine moralische Katastrophe endet nicht damit, daß sie aufhört, sondern nur mit der Beseitigung jener, die ihre Verursacher waren. Sehen Sie das ein?«

»Es geht nicht um meine Einsicht«, antwortete Gerlan ungeduldig, »sondern darum, was diese Verursacher vorher waren und was sie nachher geworden sind; und es geht darum zu wissen, wer Sie oder sonstwen zum Richter bestellt hat. Eben weil Sie Opfer sind, sind Sie ungeeignet und nicht berufen, Richter zu sein.«

»Wären also nur die Neutralen, die dieser Katastrophe wie einem Spektakel beigewohnt haben – wären also nur Sie und Ihresgleichen berufen zu richten?«

»Lassen Sie das, Herr Giladi. Nicht die Neutralität eines Landes, im besonderen meiner Heimat, steht zur Diskussion, sondern etwas viel Allgemeineres: Genau wie der Wahnsinn entzieht sich die

Untat eben wegen ihrer Maßlosigkeit der Strafe, die der normale Urteilsspruch über sie verhängen müßte. Den Wahnsinn muß man verstehen und, vermag man es, zähmen. Man heilt ihn nicht, und man bestraft ihn nicht im Namen eines Gegenwahns. Im übrigen haben Sie also gar nicht gemordet – warum nicht?«

Schmitt sagte: »Ich bin nur mitgekommen, um nach dem Rechten zu sehen, alles wie abgemacht. Und außerdem, um Marlies zu helfen. Sie hat am Morgen ihre Siebensachen gepackt – zwei Koffer –, jetzt nimmt sie Abschied, holt ihre Klamotten heraus, die trage ich ihr zum Bahnhof. Fünf Minuten, nachdem sie den Theo verlassen hat, ist der Weg für Sie frei.«

»Da, die Strickleiter hinauf, da ist es!« flüsterte Marlies. »Mein Gott, wenn alles nur schnell aus und erledigt wäre. Wartet ihr beide hier, damit er nichts bemerkt, wenn er mich vielleicht bis an die Leiter begleitet.«

Sie hinkte sichtbar, als sie mit den Koffern zurückkam. »Kein Wort; nichts hat er gesagt, liegt auf dem Bett, hat die Augen geschlossen, schläft aber nicht. Er weiß, ich komme nie mehr wieder; aber er sagt nichts, kein Sterbenswörtchen.«

Schmitt nahm das Gepäck auf, ließ das Mädchen vorangehen und sagte, ehe er sich auf den Weg machte: »Vertrauen für Vertrauen! Der junge Mann da oben ist bewaffnet, außerdem natürlich mißtrauisch.

Mag sein, einer hat ihn ganz sachte gewarnt. Da ist es nur recht und billig, daß ich auch – daß auch Sie gewarnt werden. Und nun tschüs! Stehe immer zu Diensten!«

Marlies hatte Wort gehalten, der Schlüssel stak in der Tür, die sie überdies angelehnt gelassen hatte.

Die blaue Petroleumlampe auf der Bretterkiste neben dem Bett beleuchtete das Kissen und das lange, ausgemergelte Gesicht des jungen Menschen, der auf dem Rücken ausgestreckt lag, die Hände parallel zu den Schenkeln, die Augen zur Decke gerichtet. Ohne sich zu bewegen, fragte er:

»Sind Sie Amerikaner oder Franzose?«

»Ich bin Jude, ich komme aus Palästina. Ich suche Theodor Laurentz vom SD zur besonderen Verfügung des Lagerkommandos in Treblinka. Wie heißen Sie?«

»Ich hätte Sie abknallen können, als Sie die Tür öffneten. Wenn ich wollte, ich könnt's noch jetzt besorgen.«

»Nein, jetzt ist es zu spät«, erwiderte Edi. »Bevor Sie den Revolver unter dem Kissen hervorholen, sind Sie erledigt. Antworten Sie also – wie heißen Sie?«

»Lauter falsche Namen. Außerdem tut es nichts zur Sache. Sie sind ein Jude, drum kann ich verstehen. Leichter als jetzt werden Sie es nie mehr haben: Schießen Sie!«

»Heben Sie den Kopf, sehen Sie mich an – ich will sicher sein, daß Sie der Laurentz sind.«

»Sie haben mich ja noch nie gesehen, wie wollen Sie mich erkennen?« antwortete der junge Mann.

»Doch, ich habe Ihr Foto aus der SS-Kartei mit der genauen Personalbeschreibung, und ich habe eine Zeichnung, die hat einer aus dem Gedächtnis gemacht. Heben Sie den Kopf!« befahl Edi. Der junge Mann gehorchte; er musterte den Fremden, seinen grünen Trenchcoat und die Waffe in seiner Hand. Dann ließ er sich mit einem Seufzer wieder aufs Bett fallen.

Die Wände des recht großen Kellerraums waren weiß gekalkt und mit farbigen Reklameseiten aus einer amerikanischen Wochenzeitung behängt: Über Laurentz' Kopf hatten sich vier junge Paare in einem blühenden Park versammelt; sie sahen begeistert einem älteren Herrn zu, der ihnen aus einer kristallenen Flasche einen goldfarbenen Whisky einschenkte. Zur Rechten rollte aus blauem Himmel ein Berg von Grapefruits auf den Betrachter zu. – In der Ecke ein Waschständer mit einer Schüssel und einem schweren porzellanenen Wasserkrug. In der anderen Ecke ein dreibeiniger Tisch und darunter ein Kübel.

Edi wandte den Blick wieder dem jungen Mann zu: »Wenn Sie noch etwas sagen oder eine Nachricht hinterlassen wollen . . .«

»Keine Nachricht, keine Familie, kein letztes Wort – machen Sie endlich.«

Zögernd, mit einer Stimme, die ihm selbst fremd klang, sagte Edi: »Stehen Sie auf, ich schieße nicht auf einen liegenden Mann.«

Laurentz antwortete: »Bedaure, aber ich werde nicht aufstehen . . . Ich kann nicht.«

»Das ist nicht wahr!«

»Doch, sobald ich mich aufgerichtet habe, packt's mich.«

»Was?«

»Das geht Sie nichts an.«

Edi tat einen Schritt zum Bett hin, nahm die Lampe und stellte sich wieder neben die Tür. Er sagte: »Hören Sie, Laurentz, Sie verdienen gar nicht den anständigen Tod durch Erschießen. Man müßte Sie in Stücke schneiden, Sie in Qual und Erniedrigung verenden lassen. Wenn Sie nicht sofort aufstehen, werden Sie in Flammen umkommen.«

»Tun Sie das nicht!« bat Laurentz. »Ich kann ja nichts dafür; sobald ich mich aufrichte, geht's sofort los, das Zittern und das Erbrechen. Ich esse und trinke immer weniger, nützt nichts, alles wird aus mir herausgewürgt. Und dazu das Zittern. Glauben Sie nur ja nicht, daß ich Angst habe; aber ich zittere am ganzen Leib, sobald ich aufrecht bin.«

»Ach was, Sie haben Angst, natürlich, sonst hätten Sie sich längst erschossen. Sie wissen selbst, daß Sie kein Recht haben zu leben.«

Laurentz antwortete nicht. Edi stellte die Lampe wieder an ihren Platz, beugte sich über den Kranken und betrachtete das in Schweiß gebadete Gesicht: eine schmale Knabenstirn über rot unterlaufenen Augen, ein sanft gewölbter Nasenrücken, ein kleiner Mund und ein schwaches, kindliches Kinn; Inseln von rötlichen Bartstoppeln auf den eingefallenen Wangen.

»Wie alt sind Sie?« fragte Edi.

»25 Jahre hätte ich dieses Jahr werden sollen . . .

Aber – in Teufels Namen – was geht das Sie an?«

Der war zwölf Jahre alt, als es losging mit Pauken und Trompeten, dachte Edi. Ein Knabe, den man singen lehrte »Wenn's Judenblut vom Messer rinnt, dann geht es noch einmal so gut« und »Heute gehört uns Deutschland, morgen die ganze Welt«. Und er glaubte alles, alles. Er tat, was ihm befohlen wurde, und fand natürlich Wollust in der grenzenlosen Macht, die er über die »Untermenschen« ausüben durfte.

»Sie haben sich freiwillig zum Lagerdienst gemeldet?«

»Habe ich.«

»Warum?«

»Ach was, ich habe das Gequatsche satt.«

»Verstehen Sie, Dr. Gerlan, während des Gesprächs war mir meine Hilfslosigkeit immer peinlicher zum Bewußtsein gekommen. Es schien mir unmöglich, diesem zitternden Knochenbündel etwas anzutun. Ich hätte viel darum gegeben, wieder draußen zu sein, weit weg von diesem Menschen, den ich seit vielen Wochen so beharrlich gesucht hatte . . . Und da sprach er das gar nicht so böse Wort »Gequatsche« aus –, und plötzlich war alles wieder im rechten Verhältnis. Endlich war er wieder mit dem Gesuchten, mit dem Verurteilten identisch. Ich warf mich auf ihn, nahm seine Pistole an mich. Dann riß ich ihn hoch und begann seinen Kopf an die Wand zu schlagen. Die Gewalttat steigerte meine Wut. Ich hätte ihn sicher erstochen, hätte ich ein Messer zur Hand gehabt. Als er endlich schrie und anfing, sich zu wehren, kniete ich mich auf seine Brust, mit beiden Händen umklammerte ich seinen Hals . . . Ich hätte ihn erwürgt, wäre nicht Marlies erschienen.«

Plötzlich stand sie am Kopfende des Bettes mit weit aufgerissenem Mund. Endlich schrie sie: »Tun Sie das nicht! Tun Sie ihm nichts an: er ist ja so schwach, tun Sie das nicht.«

Sie warf sich zwischen Rubin und Laurentz, stieß die Arme vor und stammelte: »Alles werde ich Ihnen zurückgeben und dazu alles, was ich habe, aber lassen Sie ihn mir. Er ist ja so unschuldig, er ist ja nur ein Kind.«

Edi zog sich vom Bett zurück, er vergrub die Hände in die Taschen seines Mantels. Sein Atem ging schwer, als hätte er sich gerade den Händen eines Würgers entzogen.

»Warum sind Sie zurückgekommen?« fragte er Marlies tonlos. »Was haben Sie hier noch zu suchen?«

»Es ist nur wegen . . . ich konnte Theo doch nicht so ganz allein lassen, ich«, unter Tränen wiederholte sie »ich gebe Ihnen alles zurück, alles.« Sie beugte sich über das Bett, nahm Laurentz' Hände und vergrub darin ihr Gesicht. Sie schluchzte wie ein Kind, das zu lange herumgeirrt war, bis es endlich den Weg nach Hause gefunden hat.

Edi verließ den Raum, stieg mühsam die Leiter hinunter. Er verirrte sich mehrmals in den Kellern, ehe er schließlich den Wilhelmsplatz erreichte.

»Ich könnte Ihnen vorwerfen, Herr Giladi, daß Sie mir das Wesentliche, die wahren Motive Ihrer Handlungen, nicht begreiflich gemacht haben. Sie haben mir nur einige Bildfetzen beschrieben, zum Teil recht undeutlich.«

»Ich bin kein Erzähler.«

»Mag sein«, meinte Gerlan, »aber das ist es wohl nicht. Vor sechs Jahren verfolgten Sie einen Schuldigen, Sie sind ihm schon wieder auf den Fersen, beide Male Sie ganz allein. Indes haben seine Taten, wenn er sie wirklich begangen hat, mit Ihnen persönlich wenig zu tun, selbst wenn er wirklich der Mörder Ihrer Frau und Ihres Kindes sein sollte. Stimmt das?«

»Ja, doch handelt es sich um – ich sagte es schon – darum, ein Beispiel zu setzen.«

»Doch versagten Sie schon einmal, im Keller vor sechs Jahren.«

»Der kranke, hilflose Mensch schob sich schützend vor den Verbrecher.«

»Nicht ganz; es hat ja genügt, daß er ein unhöfliches Wort gebrauchte, und schon wurden Sie gewalttätig. Warum?«

»Verzeihen Sie, Doktor, ich bin nicht gekommen, mich analysieren zu lassen, sondern um von Ihnen zu erfahren, ob Ihr Patient, den Sie Thomas Liebmann nennen, für seine Taten verantwortlich ist.«

»Es ist nicht gewiß, daß Sie *deshalb* oder *nur* deshalb gekommen sind. Wollen Sie mich übermorgen vormittag, zehn Minuten vor elf, anrufen? Ich schlage Ihnen dann Zeit und Ort für unsere nächste Begegnung vor. Bis dahin haben wir beide über vieles nachzudenken.«

»Ich rechne natürlich auf Ihre absolute Verschwiegenheit«, sagte Edi und erhob sich.

»Nichts verpflichtet mich dazu, das wissen Sie – und haben es gewiß bedacht, ehe Sie mir Ihr Geheimnis anvertrauten, nicht wahr?«

»Ja, wem ich vertraue, dem vertraue ich schrankenlos.«

»Das spricht für Sie, macht Sie aber nicht besonders geeignet, Ihr Vorhaben auszuführen. Leben Sie wohl, Herr Giladi.«

Fünftes Kapitel

»Da wärst du also zurück, Albert«, sagte Anna. Sie hielt den Kopf gesenkt, ihre Arme ruhten auf den Lehnen des Fauteuils, als wäre ihnen jede Bewegung verwehrt.

»Ja, zurück«, bestätigte Gerlan. Sein Blick hatte die Runde durch den Salon gemacht und alles an seinem Platz gefunden.

»Ich habe nicht erfahren, warum du weggegangen bist; ich möchte begreifen, warum du zurückkommst. Und warum gerade heute, um elf Uhr nachts, ohne dich angesagt zu haben. Eigentlich ist das hier kein Hotel.«

»Nein, es ist mein eigenes Haus!« antwortete er böse. Da er sie zusammenzucken sah, fügte er ruhiger hinzu: »Sich fremd zu fühlen unter den Eigenen, das ist unerträglich.«

»Und nun glaubst du, du brauchst nur wieder zu erscheinen, damit ich alles vergeben soll? Vergiß nicht, inzwischen haben wir uns daran gewöhnt, ohne dich zu leben. Selbst Maria . . . Maria, die du so enttäuscht hast mit deinem Kartenspiel, mit deiner unwürdigen Lebensweise.«

»Wolltest du nicht wissen, warum ich wieder heimgekommen bin?«

»Ja, das möchte ich wissen. Aber du bringst mich immer dazu, gerade jene Dinge zu sagen, die besser unausgesprochen blieben. Jede Unklugheit, der ich nur immer fähig bin, lockst du aus mir heraus. Jedenfalls ist das so, seitdem du aufgehört hast, mich zu lieben.«

»Es ist nicht gewiß, Anna, daß ich jemals aufgehört habe, dich zu lieben. In meinem Leben hat es einen Bruch gegeben. Ich bemerkte ihn nicht gleich, aber allmählich entfernte sich alles, was vorher gewesen war. Was vorher festes Land war, wurde zum Treibeis – es ist weggeschwemmt.«

»Das sind für mich Worte; ich fühle in ihnen keinen Sinn. Ich bin dir treu geblieben, dir und unserer Jugend. Du aber . . .«

Sie sah ihn zum ersten Mal an und stockte. Jetzt erst entdeckte sie, was ihr so viele Jahre entgangen war: daß es kaum einen Zug gab in diesem Gesicht, kaum eine Kontur eignete dem Mann, der ihr unter der Stehlampe gegenübersaß – nichts an ihm erinnerte an den jungen Albert. Ein Bruch, hatte er gesagt, und weggeschwemmtes Treibeis – vielleicht war ihm wirklich ein unsagbares Unglück zugestoßen, das ihn in einen Anderen verwandelt hatte, in einen Menschen, dem sie kein Recht auf Alberts Jugend zugestand.

»Schau nicht weg, Anna. Zum ersten Mal erfaßt du etwas Wesentliches, das dich von einer allgemeinen Lüge befreien könnte: von der Lüge der ungebrochenen Dauer unseres Wesens. Mein kahler Schädel, diese leeren Tränensäcke unter den Augen, der lächerliche Bauch – nicht das ist wichtig, obschon es natürlich die Eitelkeit kränkt. Wichtig ist, daß sich all dies mit einem Mal eingestellt hat – eben nach jenem Bruch.«

»Ich weiß nichts davon«, erwiderte Anna, »du hast nie davon gesprochen.«

»Es wäre sinnlos gewesen. Du solltest nichts davon wissen.«

»Das ist wahr«, stimmte sie zu, »und sei nicht böse, ich will auch jetzt nichts davon hören. Wenn ich – deinetwegen oder meinetwegen – unglücklich bin, lenke ich mich sofort ab und denke an die Kinder, an ihre Zukunft. So finde ich immer mein Gleichgewicht wieder ... Und nun erkläre mir die Gründe deiner Rückkehr, wenn du willst.«

»Ich behandle seit einiger Zeit einen jungen Mann, doch erst heute erfuhr ich – nicht durch ihn –, daß er während der Kriegsjahre furchtbare Verbrechen begangen hat, daß er freiwillig einer der ruchlosesten Judenmörder gewesen ist. Und er ist selbst der Sohn eines Juden.«

»Das ist äußerst unangenehm«, sagte Anna. »Du solltest die Behandlung unter irgendeinem Vorwand so bald wie möglich abbrechen.«

Vielleicht ist es tatsächlich so, dachte Albert, daß ich aus ihr noch die alleräußerste Dummheit hervorlocke, zu der sie fähig ist.

»Nicht, daß er mir nichts von seiner furchtbaren Vergangenheit berichtet hat, erschreckt mich, sondern daß ich das Vorhandensein seines Geheimnisses nicht gewittert habe. Glaubst du, daß ich früher ...«

Sie unterbrach ihn: »Nun ja, das ist die Folge deiner Lebensweise. Wenn man, statt zu schlafen, bis zum Morgengrauen Karten spielt, ist man natürlich tagsüber weniger wach. Das weißt du ja am besten . . .«

»Heute war ein Mann bei mir, ein jüdischer Emigrant aus Wien, der jetzt Israeli ist. Er kennt das Geheimnis dieses Liebmann, und er will ihn ›richten‹, wie er sagt, das heißt töten.«

»Um Gottes willen! Du hast hoffentlich sofort die Polizei verständigt.«

»Nein, Anna, die werde ich wohl nicht brauchen. Aber wie ich diesem Herrn Giladi zuhörte, da ging mir auf, daß ich eigentlich außerhalb unserer Zeit gelebt habe.«

»Wir hatten das Glück, neutral zu sein.«

»Ich frage mich, ob ich das Recht hatte, neutral zu sein.

»Ach was«, rief Anna ungeduldig aus. »Jeder tut seine Pflicht an dem Platz, an den ihn das Schicksal gestellt hat . . . Willst du mir jetzt endlich sagen, warum du zu deiner Familie zurückgekehrt bist?«

»Ich brauche deine Hilfe, Anna; ich brauche das Haus. Seinerzeit, als ich Walter Dorten bei uns unterbringen wollte und du dich dagegen gesträubt hast, gab ich nach. Diesmal wird dein Sträuben nichts nützen. Ich werde Giladi übermorgen hierher bringen, zuerst probeweise für das Wochenende und, wenn es gutgeht, für die restliche Dauer seines Aufenthalts bei uns im Lande.«

»Du willst aus mir und deinen Töchtern Polizisten machen, die aufpassen, daß er deinen Patienten nicht erschlägt, während du mit dem Kartenspiel oder mit deiner Elisabeth beschäftigt bist. Ich will keinen Fremden im Haus.«

Er führte seine rechte Hand an den Nacken, wie um ihn zu umklammern, ließ sie aber schnell fallen. Immer häufiger entdeckte er an sich die Gesten seines Vaters, die des alten, gebrochenen Mannes, nicht jene, die er als Kind bewundert hatte.

»Hätte sich mein Vater bei uns wie zu Hause gefühlt . . . er hielt es hier nur drei Tage aus!«

»Das war doch eher deine Schuld als meine«, erwiderte Anna heftig.

»Vielleicht«, gab Albert zu, »ich ertrug es nicht, zuzusehen, wie er unaufhörlich das Bild zerschlug, das ich mir von ihm gemacht hatte. Aber du?«

»Ich wollte nicht, daß er sein eigenes Unglück bei uns einpflanzte. Die Kinder hatten Angst vor ihm. Er nahm auf niemanden Rücksicht, er sprach nur von seinen Feinden, seinen Kämpfen . . . Nun sollten die Mädchen schon seit wenigstens fünf Minuten da sein«, schloß Anna plötzlich, von Unruhe gepackt. »Du siehst sehr müde aus. Genier dich nicht, geh schlafen – verschieben wir das Familienfest auf morgen abend; schließlich hättest du ja ebensogut erst morgen zurückkommen können.«

»Oder übermorgen«, gab Albert zu, »oder in einem Jahr – oder noch später. Gute Nacht, Anna. Das Gespräch mit dir hat eine unerwartete Wirkung; nun weiß ich selbst nicht mehr, warum ich eigentlich zurückgekommen bin.«

»Da du aber im Grunde auch nicht weißt, warum

du weggegangen bist, kommt es auf das gleiche hinaus. Schlaf gut, Albert.«

***

»Diesmal erinnere ich mich mit Gewißheit, geträumt zu haben, aber leider weiß ich nicht, was«, sagte Liebmann, wie gewöhnlich mit dem Bedauern des braven Schülers, den besondere Umstände daran gehindert haben, seine Aufgaben zu machen.

»Schade!« sagte Gerlan. »Außer dem Bruchstück von der weißen Holzhütte – nichts. Und auch da haben Sie mir wenig bei der Deutung geholfen. Die Zeit vergeht, wir werden miteinander bald die Geduld verlieren, wenn wir weiter so auf der Stelle treten . . . Ich schlage Ihnen vor, schwindeln Sie!«

»Wie bitte?« fragte Thomas fast bestürzt. »Schwindeln?«

»Ja, das ist ganz harmlos: Erfinden Sie einen Traum, erzählen Sie, was Ihnen so auf die Zunge kommt.«

»Es tut mir wirklich leid, aber das kann ich nicht.«

»Lügen kann jeder, gut oder schlecht, jeder hat gelogen, lügt und wird lügen. Also her mit einem falschen Traum!«

Liebmann fand sich nicht leicht zurecht; handelte es sich um einen gleichsam experimentellen Scherz oder um einen ernsthaften Versuch, den der Psychologe mit ihm anstellen wollte? Er wehrte sich und errötete wie ein kleiner Junge, sooft er einen weiteren Grund angeben wollte, warum er keinen falschen Traum erfinden könnte. Schließlich gab er jedoch nach, als Gerlan vorschlug, er solle sich vorstellen, daß es ihm gelungen sei, bis zur Holzhütte auf dem Hügel zu gelangen – was ihm im Traum versagt geblieben war.

»Gut, Liebmann, jetzt sind Sie oben. Gehen Sie gleich zur Tür, oder werfen Sie erst durch das Fenster einen Blick hinein?«

»Es gibt kein Fenster, nur unter dem Dach eine Abzugluke«, sagte Liebmann mit überraschender Entschiedenheit.

»Und die Tür?« fragte Gerlan leise.

»Sie ist angelehnt. Ein schmaler Lichtstreifen dringt in die Hütte, sonst ist dort alles ganz dunkel. Finster. Ich sehe nichts. Niemand ist drin.«

»Warum zögern Sie dann einzutreten?«

»Ich zögere nicht, aber was soll das?«

»Sie haben Angst, Liebmann, sonst würden Sie die Tür weit aufstoßen und das Tageslicht in die Hütte lassen.«

»Das ist nicht wahr!« rief Liebmann zornig aus.

»Was ist nicht wahr?« fragte Gerlan mit gerade noch vernehmbarer Stimme.

»Auch wenn ich die Tür öffne, wird es nicht heller drin«, schrie der Patient. »Zum Teufel noch mal, ich muß es ja besser wissen.«

»Merkwürdig«, flüsterte Gerlan, »draußen ist es heller Tag, und drinnen . . .«

»Ja, und drinnen im Keller ist es Nacht, immer Nacht.«

»Und was geschieht dann?«

»Dann verlasse ich den Ort und gehe weiter, durch ein kleines Wäldchen; das Laub ist gelb und rot. Wie ich hinauskomme, da sehe ich unten einen Teich, und am Teich bewegt sich etwas, und wie ich mich nähere, sehe ich, das sind nackte Gestalten, Menschen. Sie baden aber nicht, niemand ist im Teich. Ich mache einen Umweg, um ihnen auszuweichen, ich komme wieder in einen Wald, aber die Bäume tragen kein Laub. Alle Bäume sind tot.«

»Woher wissen Sie, daß sie tot sind?«

»Ich weiß es nicht, ich sage es nur so. Sie haben mich ja aufgefordert, Herr Doktor, ich soll nur schnurstracks daherreden.«

»Und wie kommen Sie aus dem toten Wald hinaus? Gehen Sie wieder zurück?«

»Nein«, rief Liebmann wütend aus, »nein, es gibt kein Zurück!« fügte er, wieder ganz ruhig, hinzu. Er erwartete, daß der Arzt eine weitere Frage stellen würde, und verstummte. Gerlans Gesicht war völlig abgewandt. Es schien unbewegt, er mochte eingeschlummert sein.

»Und lege mich schlafen«, ergänzte der Patient etwas lauter. Ihn störte das Schweigen nicht, selbst wenn es die ganze Sitzung ausfüllte. Sein Onkel hatte ihm die Behandlung fast aufgenötigt, und er hatte sich gefügt wie in alles, was der Bruder seines Vaters ihm riet, befahl oder untersagte. Doch erwartete Liebmann nichts von Gerlan; er erwartete von niemandem etwas wirklich Entscheidendes. Dank diesem israelischen Onkel hatte er keine materiellen Sorgen; er lebte bescheiden, aber keineswegs in Armut. Er hatte mehr als ein Jahr lang in einem internationalen Speditionsunternehmen gearbeitet, als Volontär, ohne Lohn, aber mit der Möglichkeit, sich schnell einzuarbeiten. Es ging nicht schlecht und war auch nicht zu langweilig; es ging auch nicht wirklich gut, es war uninteressant. Er gab es auf. Dann fünf Monate in einer Musikalienhandlung, zehn Wochen in einem Antiquitätenladen – überall das gleiche, immer war das Zeichen zum Abbruch ein plötzlich auftauchendes Leiden – Herzbeschwerden, die jeden Tag heftiger wurden. Ein schweres Gewicht legte sich ihm drückend auf das Herz, bis es ihm den Atem verschlug und seine Angst unerträglich wurde: die Angst, erdrückt zu werden, zu ersticken. Die Herzbeschwerden ließen nach, sobald er den Posten verlassen hatte.

»Und lege mich schlafen«, wiederholte er fast schreiend, um Gerlan zu wecken.

»Gewiß, gewiß«, sagte Gerlan und wandte sich ihm lächelnd zu. »Sie schlafen ein und träumen, daß eine weiße Holzhütte, die auf einem Hügel steht, sich unversehens in ein finsteres Kellerloch verwandelt – und das nur, weil es Ihnen endlich gelungen ist, die Hütte zu erreichen. Ich nehme an, daß Sie sich während des Krieges viel in Kellern aufgehalten haben.«

»Ich? Aber nein, niemals«, bestritt Liebmann.

»Und war es nicht gefährlich für Sie, der mit falschen Papieren lebte, dadurch aufzufallen, daß Sie während der Luftangriffe nicht in den Keller hinunterstiegen wie die anderen?«

»Ach, während der Bombenangriffe, da war ich natürlich im Keller wie alle anderen«, berichtigte sich Liebmann; er stellte mit Befriedigung fest, daß der Arzt sein Gesicht schon wieder abgewandt hatte.

»In welchem Keller?«

»Nun, im Hause, wo ich wohnte.«

»Wie sah der Keller aus?«

»Ja wissen Sie, über solche Räume gibt es nicht viel zu sagen: dunkel, nackte Wände, es riecht muffig – das ist alles.«

Nach einer Weile des Schweigens sagte Gerlan: »Wenn ich mein Gesicht vom Patienten abwende, kann das zweierlei bedeuten: Entweder ich will ihn immer mehr sich selbst, seinem Monolog überlassen, oder ich will seinen Anblick vermeiden. Ich vermeide immer den Anblick eines Menschen, sobald er zu lügen beginnt. Verstehen Sie, Liebmann, das hat gewiß mit meiner eigenen Neurose zu tun – es ist auch Scheu dabei, daß ich nicht imstande bin, einem ins Gesicht zu sehen, der lügt.«

»Wann habe ich denn gelogen?« fragte Liebmann verdrießlich; da der Arzt schwieg, wiederholte er die Frage zornig und fügte hinzu: »Ich kann übrigens gehen, viel kommt ja bei unserem Gespräch sowieso nicht heraus.«

»Bevor Sie gehen, noch ein Wort bezüglich des Kellers. Ein Mann behauptet, Sie seien während des Krieges nicht in Deutschland, sondern in Reval, dann in Dünaburg und schließlich im Lager Treblinka in Polen gewesen. All das unter einem Namen, der wie der Ihre mit Th. L. anfängt.«

Liebmann sprang auf und rannte zur Tür, als

wollte er fliehen, doch blieb er stehen, die Klinke in der Hand, und fragte stotternd: »Wer – wer behauptet das, wer ist der Mann? Übrigens kenne ich keine Anfangsbuchstaben Th. L.«

»Wiederholen Sie den letzten Satz, Thomas Liebmann.«

»Ich kenne nicht . . .«, begann der junge Mann; er stieß seine Hände, zu Fäusten geballt, in die Luft, öffnete sie, die Finger weit auseinandergespreizt, endlich trat er einen halben Schritt zurück und wandte sein Gesicht dem Fenster zu; er fühlte den Blick Gerlans, der sitzen geblieben war.

»Sie warten«, schrie Liebmann, »Sie warten darauf, daß ich eine fürchterliche Sache anstelle, eine Dummheit oder ein Verbrechen. Für Sie bin ich das wilde Tier im Käfig!«

»Das hier ist kein Käfig. Sie stehen an der Tür. Drücken Sie die Klinke hinunter – und sogleich werden sich Ihnen Wege öffnen, die Sie durch die ganze Welt führen, weit weg von hier und dem Mann, der behauptet, Ihre Vergangenheit zu kennen. Sie könnten sich in einem Haus Ihrer Vaterstadt verstecken – ich hindere Sie nicht daran.«

»Was wollen Sie von mir?« fragte Liebmann fast flehend. »Ihnen habe ich nichts Böses angetan.«

»Ich will von Ihnen nichts als die Antwort auf die Frage: Was ist mit Thomas Liebmann geschehen – wo, wann, von wem ist er umgebracht worden? Und zweitens: Warum haben Sie gerade seinen Namen, seine Identität gewählt?«

»Ich habe nicht gewählt, Herr Doktor, ich bin

Thomas Liebmann von Geburt an. Mein Onkel und seine Frau haben mich hier besucht, das wissen Sie doch. Auch wenn die mich nicht erkannt hätten, weil ich ein kleiner Junge war, als sie Deutschland verließen – aber ich wußte in allem Bescheid. Mein Onkel kann's am besten beurteilen, es besteht kein Zweifel, daß ich sein Neffe bin.«

»Gut«, sagte Gerlan, »gut, ich glaube Ihnen. Wenn Sie wollen, kommen Sie jetzt zurück und erzählen Sie mir, warum und wie Sie Theo Laurentz geworden sind.«

Zu laut und fast keifend begann Liebmann: »Unerhört, wie kommen Sie denn dazu ... Noch habe ich nicht gestanden, daß ich ...«

Dann verstummte er. Er schüttelte – immer unbeherrschter – den Kopf. Der Arzt ging auf den Patienten zu, nahm dessen Kopf zwischen beide Hände und sagte sanft: »Genug. Lassen Sie den Kopf in Ruhe.«

»Ich kann nicht«, stammelte Thomas, »ich werde es niemals mehr können.«

»Schreiben Sie es auf.«

»Ich kann's nicht. Nichts ist mehr möglich ... Alles ist unmöglich.«

Er fuhr sich mit beiden Händen an die Stirn, ließ sie aber bald fallen. An den Wimpern seiner geschlossenen Augen hingen Tränen, kupferrote Flecke breiteten sich über sein Gesicht aus, Schweiß bedeckte die schmale Stirn.

Fünf bis vierzehn, diagnostizierte Gerlan. In bestimmten Augenblicken besonderer Erregung verrät ein Gesicht auch das Alter, in dem ein Mensch affektiv steckengeblieben ist, und überdies, in welchem Lebensjahr seine Erlebnisfähigkeit ihren höchsten Grad erreicht hat. Seit seinem fünften Lebensjahr hat dieser Th. L. keine neuen Gefühle mehr produziert oder übertragen; und als er vierzehn Jahre alt war, begann er, sich vor allem zu verschließen, was ein wirklich neues Erlebnis hätte sein können. Nichts fand mehr Eingang in sein Inneres, das nicht vorher blitzschnell und unbewußt in Trödelware verwandelt worden wäre.

In den Augen des Menschenkenners waren alle Mörder Kinder oder Halbwüchsige.

***

Noch waren die Bäume nicht ganz entlaubt, der Rasen war noch nicht kahl. Warum dachte ich, daß feuchte Kieselsteinchen nicht knirschen sollten unter den Füßen, fragte sich Albert. Doch suchte er die Antwort nicht. Er hatte sich mit seinen Unwissenheiten abgefunden, obschon es ihn noch immer erstaunte, daß ihm die Dinge, mit denen er alltäglich zu tun hatte, ihre Wahrheit vorenthielten.

Gerlan hatte angekündigt, er wolle eine Ausstellung veranstalten. Seither tauchten täglich neue Ansprüche auf: Dortens Familie erklärte durch einen Anwalt, daß sie allein die rechtmäßige Erbin sei und dementsprechend Dr. Gerlan über kein Eigentum verfügen könne, das dem verschwundenen Sohn beziehungsweise Bruder gehört habe. Auch Kunsthändler und Vermittler meldeten Rechte an, auf die sie indes gerne verzichten wollten, sofern man ihnen den Verkauf des gesamten Werkes dieses verkannten Malers anvertraute, den sie für tot erklären wollten; es schien gewiß, daß Dortens Bilder jetzt ohne Schwierigkeit abgesetzt werden konnten. Eine Dorfschullehrerin schrieb, sie betrachte sich gewissermaßen als die verwitwete Braut Walters und erwarte, daß man ihr den Anteil nicht verweigern werde, der ihr vielleicht nicht gesetzlich, doch »seelisch und menschlich« zustehe.

Der Advokat Harms meinte: »Wird es ein Reinfall, so regelt sich die Sache von selbst; andernfalls wird es viele Komplikationen geben, an deren Ende voraussichtlich Dortens Familie die ganze Beute davontragen wird.«

»Wenn es ein Erfolg wird«, antwortete Gerlan, »wird es keine Erbschaftsprobleme geben, denn dann wird Walter zurückkommen. Wenn die Ausstellung aber unbeachtet bleibt, wird ihm der Mißerfolg den letzten Stoß versetzen.«

»Haben Sie irgendwelche Gründe zu glauben, daß er noch am Leben ist?«

»Um die Bilder für die Ausstellung auszuwählen, habe ich das ganze riesige Werk meines Freundes genau und lange studiert und weiß jetzt, daß Walter überzeugt war, erst an seinem Anfang zu stehen. Er mag an mir und anderen gezweifelt haben, doch nicht daran, daß er das Wesentliche in sich trug und es mit der Zeit hervorbringen werde. Als er verschwand, unterbrach er, doch brach er nicht ab.«

Der Gedanke, eine Ausstellung zu veranstalten, war Albert durch zwei Begegnungen gekommen. Eines Morgens, als er eilig das Haus verließ, um Zigaretten zu kaufen, erblickte er an der Straßenecke den Rücken eines hageren, hochaufgeschossenen Mannes. Erst im Tabakladen tauchte in ihm die Vermutung auf, es könnte Walter gewesen sein. Er lief zur Nebenstraße, doch der Passant war verschwunden. Ein merkwürdiger optischer Eindruck blieb zurück: Der Mantel des Fremden drängte sich gleichsam seinen Augen auf, als sollte er die Nähte mustern. Das Gefühl, daß der Mann in diesem Mantel fror, war unabweisbar. Ohne Grund, denn es war ein warmer Tag im September.

Etwa eine Woche später – Gerlan hatte das Wochenende bei Elisabeth verbracht und fuhr am Sonntagabend zurück – machte er in einem Dorf halt, um zu tanken. Gegenüber der Tankstelle befand sich der Gasthof, ein schöner Bau aus dem 18. Jahrhundert. Ein klapperndes Geräusch erregte Gerlans Aufmerksamkeit. Er schaute zu den Fenstern hinauf und erblickte einen Mann, der im Begriff war, mit hastigen Bewegungen die breiten Läden seiner Balkontür zu schließen. Es war recht dunkel, das Gesicht des Fremden blieb abgewandt, während er an den Läden hantierte; dennoch war Gerlan seltsam berührt – als wären diese Erscheinung und dieses Geräusch ein Signal, das ihm galt. Er eilte in den Gasthof, fragte nach dem Bewohner des Balkonzimmers. Daß man zögerte, ihm Auskunft zu geben, steigerte seine Ungeduld und machte ihn zweifellos verdächtig. Endlich gelang es ihm, das Mißtrauen des Wirtes zu überwinden: Der Mieter war ein Agronom, der häufig im Dorf zu tun hatte und gewöhnlich hier abstieg. Er schloß stets die Läden, sobald er abends sein Zimmer betrat; denn er vertrug die grellen Lichter der Tankstelle nicht.

Gerlan, der gewohnt war, auch in einer Mißdeutung den Sinn zu suchen, folgerte aus der tiefen Gemütsbewegung, die diese nichtigen Vorfälle in ihm hervorgerufen hatten, daß er schon wieder seinen Freund vernachlässigte und daß es Zeit war, endlich etwas für ihn zu tun. So beschloß er, die Ausstellung zu veranstalten.

Und da war Elisabeth. Sie hatte während des Sommers weite Reisen gemacht, von denen sie verjüngt zurückgekommen war und wie gejagt von großen Plänen: In allem wollte sie ihr Leben ändern; alle Wege stünden ihr offen, wiederholte sie, und sie sei begehrter denn je. Doch da begann »der Abbau«, wie sie es selber bezeichnete; sie brach eine Beziehung nach der anderen ab, fast wortlos, ohne Aussprachen und ohne Streit, ohne sichtbare Gründe.

Albert mußte Zeit für sie haben, viel Zeit, um zu verhindern, daß sie der Leere entrinne in den eigenen Tod. Er wußte, wie wenig er ihr helfen konnte, da er für sie nicht mehr der Wundertäter, sondern nur noch ein entgleitender Freund war. Er vermutete, was ihr zugestoßen war, was ihren steilen Sturz bewirkt hatte, der sie glauben ließ, alles hätte sich verrückt und niemand stünde zu ihr so wie früher, Sympathien und Freundschaft wären nur trügerischer Schein, hinter dem man eigensüchtige Interessen und Übelwollen verbirgt.

»Sieh mich nicht so an, studier mich nicht!« rief sie ihm erbost zu. »Mehr als jeder andere bist du an allem schuld. Wer soll Vertrauen zu einem Arzt haben, der bettlägerig wird, sobald eine Epidemie ausbricht?«

»Was für eine Epidemie?« unterbrach er sie.

»Laß mich ausreden; in meinen Augen bist du kein Psychologe, kein Seelenheiler, sondern nur ein armer Teufel. Du fühlst dich schuldig am Tod deines Vaters; vielleicht hast du ihn sogar umgebracht – alles ist möglich. Seither geht alles schief, sobald du Schwierigkeiten hast mit einer Mannsperson. Und wie dieser Maler verschwunden ist, ohne dir Auf Wiedersehen zu sagen, da bist du einfach verrückt geworden. Daß du deine Frau mit mir betrügst und mich mit dem Kartenspiel und weiß Gott mit wem noch, das nimmt dein Gewissen überhaupt nicht zur Kenntnis. Vielleicht, wenn Anna und ich, wenn wir zahlende Patientinnen wären, würdest du dich endlich für uns interessieren. Denn im Grunde gehst du auf Gewinn aus – ich durchschaue dich. Auch daß du die Bilder Walter Dortens plötzlich ausstellen willst, ist verdächtig. Heuchle keine Betroffenheit; dir ist es völlig gleichgültig, daß ich so unglücklich bin, daß ich nicht einmal mehr weinen kann.«

Auch Hella, Gerlans ältere Tochter, erwartete Hilfe. Sie hatte sich heimlich verlobt, nachdem sie reiflich ihre Wahl überlegt hatte. Der Bräutigam war der Sohn und zukünftige Erbe eines reichen Werkzeugfabrikanten; der junge Mann sah gut aus; er glaubte, daß er Hella liebe, und es machte ihn glücklich, sie überall zu zeigen.

Doch plötzlich wurde Hella unsicher in ihrer Wahl. Sie könne sich vorstellen, sagte sie, daß sie mit ihrem Bräutigam noch sehr lange glücklich verlobt sein könnte, aber nicht, daß sie mit ihm Jahre, ja das ganze Leben verbringen werde.

»Was bedeutet dieses Gerede?« fragte Anna ungeduldig. Seit jeher liebte sie es, ihre ältere Tochter anzusehen, aber nicht, sie lange anzuhören. »Man lebt nicht ein Leben, nicht ganze Jahre miteinander, sondern Stunden, Tage mit regelmäßigen und langen Unterbrechungen. Keine Frau braucht zu erfinden, womit sie die Tage ausfüllen wird. Alles kommt von selbst.«

Zum ersten Mal fühlte Hella sich unverstanden. Sie wandte sich an den Vater; im Grunde glaubte sie, daß er heimgekehrt war, eben weil sie ihn brauchte. Sie war unfähig, sich vorzustellen, daß ein Brunnen da sein würde, wenn sie sein Wasser nicht begehrte.

»Warum will ich und will ich nicht? Warum habe ich manchmal furchtbare Angst, daß es ein Irrtum sein könnte, Röbby zu heiraten?« fragte sie den Vater.

»Warum manchmal?« fragte Albert seinerseits. Die Tochter wurde verlegen, sie brachte keine Antwort zustande und entdeckte mit Bestürzung, daß ein Teil ihres Wesens ihr unbekannt war. Sie hatte es nie vermutet. Was sie in den Büchern ihres Vaters über das Unbewußte und die inneren Wirrnisse gelesen hatte, hielt sie für möglich, aber nur, soweit es andere betraf.

Anna war ungeduldig und drängte ihren Mann, Hella zu schneller Heirat zu bewegen; aber Gerlan lehnte es ab. Die Tochter war erst 22 Jahre alt, sie hatte Zeit.

Und da war dieser gefühlstaube Thomas Liebmann, ein Halbjude, dessen christliche Mutter bezeugt hatte, er sei von einem Arier gezeugt worden – um den Sohn vor Verfolgung zu bewahren und davor, in der eigenen Heimat ein verachteter Fremder zu werden. Seine Eltern wanderten aus, er blieb, wurde mit Begeisterung Hitlerjunge, dann SS-Mann und schließlich Spezialist in der Ausrottung von Juden, in Lettland zuerst und später in Polen.

»Die Behauptung der Mutter war falsch: Thomas ist der Sohn Heinrich Liebmanns und somit Halbjude.« Gerlan fragte sich, warum er das schon zum dritten Mal wiederhole.

»Sie bestehen so sehr darauf, daß ich nicht mehr weiß, was für Folgerungen Sie aus diesem Sachverhalt ziehen«, antwortete Giladi. »In meinen Augen ist die Schuld des Thomas Laurentz noch größer, sie ist unermeßlich, wenn er Halbjude ist.«

An die knirschenden Kieselsteinchen unter seinen Füßen, an das zerstörte Vogelnest, von dem eine Hälfte auf den Boden gefallen oder geworfen worden war, dachte Gerlan an diesem Sonntagmorgen, als er zwischen Rasen und Beeten auf und ab ging. Daran – und an den einarmigen Giladi, der seit dem Vortage Gast in seinem Haus war. Als er nach dem Abendbrot in sein Zimmer hinauf gegangen war, hatte Maria bemerkt:

»Ein seltsamer Mann! Manchmal verstummt er mitten im Gespräch gerade da, wo ein anderer aufschreien würde.«

»Wie schön wär's doch, wenn du dich so ausdrükken wolltest, daß deine Mutter dich ohne Mühe verstehen kann«, sagte Anna, die den ganzen Abend nur mit Mühe den Ärger verbarg, den ihr Mann ihr mit der Einladung des Fremden bereitet hatte.

Ein guter Schläfer, dieser Giladi, dachte Gerlan, während er zum halboffenen Fenster der zweiten Etage hinaufblickte. Er sieht nicht aus wie ein Mann der Tat, er spricht nicht so – warum läuft er hinter dem Verbrecher her, was drängt ihn, Rächer zu sein, Vergeltung zu üben? Welches eigene Versäumnis will er büßen? Warum verurteilt er sich selbst, ein Mörder zu werden? Und wie wird er leben im Schatten dieser Tat, für die sein Wesen nicht vorbereitet ist?

Maria stieß die Tür auf, die vom Salon auf die Terrasse führte und lud ihren Vater durch stumme Zeichen ein, ihr zu folgen. In den absatzlosen Schuhen sah sie für ihr Alter klein und gebrechlich aus. Während sie wartete, daß der Vater sich zu ihr geselle, atmete sie mit offenem Mund aus und sah mit großen Augen dem Dampf nach, der sich schnell verflüchtigte.

»Weshalb bist du zurückgekommen? Was geht dich der Invalide an – was will er übrigens von dir? Was erwartest du von uns? Und warum läßt du mich all diese Fragen stellen, ohne mich zu unterbrechen ...«

»Der Mann, den du als Invaliden bezeichnest, sollte dich interessieren. Was er getan hat, so gut wie das, was ihm geschehen ist – beides trägt die Zeichen dieser Zeit. Sein Schicksal, ja selbst sein tiefstes Leid, ist gleichsam unpersönlich geworden.«

»Das verstehe ich nicht.«

»Es hieß, daß der Feind nur die Männer deportiere. Giladis Frau bestand darauf, daß er sich in den Bergen verstecke. Dann kamen die Verfolger, und als sie den Mann nicht fanden, nahmen sie seine Frau und sein Kind, die sie durch ganz Europa transportierten, zusammen mit zahllosen anderen Unschuldigen, um sie im Osten zu töten.«

»Und wenn er zu Hause geblieben wäre, wäre seine Familie heil davongekommen?«

»Schwer zu sagen; aber wahrscheinlich hätten sie sich das erste Mal mit dem Mann begnügt. Sie wären vielleicht später wiedergekommen; doch dann hätten sie die anderen wohl nicht mehr gefunden.«

»Das ist alles zu hypothetisch – sowas kann ich nie zu Ende denken ... Das ist alles seit langem zu Ende, und du selbst, du hast dich nie in die Weltgeschichte eingemischt?«

»Ich habe mich einmal eingemischt, aber du warst noch klein damals und hast nichts davon gemerkt. Es hatte mit meinem Vater zu tun.«

»Ich merke, daß du große Lust hättest, davon zu erzählen, aber im Augenblick interessiert mich Herr Giladi. Warum hast du ihn hergebracht?«

»Um etwas zu verhindern, das übel wäre, furchtbar in den Folgen und sinnlos zugleich.«

»Du wirst nichts verhindern«, sagte Maria sehr entschieden, als würde sie einen Wunsch ablehnen, der ihr unbescheiden erschien. »Nichts. Kümmere dich lieber um deine Familie, um deine Patienten und um dich selbst.«

»Ich finde dich streng und autoritär«, erwiderte Albert. Er dachte an die Sommernächte, in denen das junge Mädchen ihre Liebe zum Vater verbraucht hatte, bemüht, ihn zu retten. Damals war ihr der Vater abhanden gekommen. Der ihr nun gegenüber saß, mit vom zu gierigen Essen gerötetem Gesicht, gehörte völlig zur Gegenwart. Ohne es zu wissen, hatte sie ihn gleichsam enterbt, ihn der Vergangenheit beraubt, die sie mit ihm gemein hatte.

»Laß mich allein! Übrigens ist es Zeit, bring bitte Herrn Giladi das Frühstück hinauf!«

»Warum gerade ich?« fragte Maria abweisend.

»Und sage ihm, daß du froh bist darüber, daß er zu uns gekommen ist.«

»Das werde ich nicht tun«, erwiderte sie und sah ihn forschend an; das mußte ein Scherz sein. »Ich beginne zu glauben, daß alles bei dir Spiel ist und daß du jedes Spiel furchtbar ernst nimmst, jedenfalls ernster als zum Beispiel unser Leben, unsere Sorgen und unsere Hoffnungen.«

»Ja, bitte«, kam die Antwort aus dem Zimmer. Dann mit gepreßter Stimme: »Wer ist's denn, bitte?«

Maria fand die Situation unsinnig und amüsant zugleich; es blieb ihr nichts anderes übrig, als zu erwidern: »Ich bin Maria, die jüngere Tochter Dr. Gerlans. Sie haben mich gestern beim Abendbrot gesehen. Ich bringe Ihnen das Frühstück. Darf ich eintreten?«

»Ja bitte, verzeihen Sie, daß ich nicht selber die Tür öffne.«

Er stand da, ohne Jacke, den Armstumpf verbarg er hinter dem Rücken. Er stammelte: »Es ist mir sehr peinlich, ich bin fast blind ohne meine Brille, sie ist auf den Boden gefallen, könnten Sie . . .«

Maria hob die Brille auf, die neben dem Nachttisch lag. Während sie sich aufrichtete, um sie ihm zu reichen, erblickte sie seine Augen – große, blaue, kindlich staunende Augen, die sie so verwirrten, daß sie ihm die Brille auf die Nase setzte, als ob er ein hilfloses Kind wäre. Er schob die Gläser zurecht, sah sie dankbar an und sagte lächelnd:

»Maria, die jüngere Tochter des Dr. Gerlan, ist gleich dem reitenden Boten des Königs genau im richtigen Moment gekommen. Ich bin Ihnen sehr dankbar. Hat Ihnen heute schon jemand gesagt, daß Sie schön sind? Natürlich wär's besser, das Kompliment käme nicht von einem alten Mann . . .«

»Sie sind kein alter Mann«, unterbrach sie ihn. »Soll ich Ihnen den Kaffee eingießen und die Brötchen streichen?«

»Danke, das nehme ich gerne an. Gewiß, ich kann das alles mit meiner einen Hand zustande bringen, aber ich bin glücklich, es mir nicht dauernd beweisen zu müssen.«

Maria war nicht sicher, ihn recht verstanden zu haben, aber sie mochte ihn nicht fragen. Er fuhr fort:

»Wenn Sie nichts Besonderes vorhaben, setzen Sie sich und erklären Sie mir, warum mich Ihr Vater in sein Haus gebracht hat.«

»Ja, das müßten Sie selber doch am besten wissen«, rief Maria erstaunt aus. Sie fügte zögernd hinzu: »Es scheint, daß Sie jemanden bestrafen wollen, und mein Vater wünscht, daß Sie davon Abstand nehmen. All das soll noch mit dem Krieg zusammenhängen, nicht wahr?«

»Ja, ja. Sagen Sie, Maria, auf wieviel Seiten hat sich Ihr Geschichtsbuch mit dem letzten Krieg befaßt?«

»Das weiß ich nicht genau, ich bin schon seit vier Jahren nicht mehr auf dem Lyzeum; zehn, vielleicht fünfzehn Seiten mögen es gewesen sein.«

»Mußten Sie viele Jahreszahlen auswendig lernen?«

»Ja, doch nicht gar zu viele. Beim letzten Weltkrieg kam es mehr auf die großen Zusammenhänge und auf die Folgen im allgemeinen an als auf die Ereignisse. Ich meine, wie wir es gelernt haben . . . Sie wollen mich doch nicht abfragen?«

»Stellen Sie sich einen Menschen vor, der, aus dem nächtlichen Schlaf erwachend, alles wieder von neuem erlernen muß, weil er nichts von dem behalten hat, was er am Abend zuvor erlebt, erfahren und schließlich gewußt hat. Dieses Mißverhältnis zwischen Ihren zehn bis fünfzehn Seiten und unseren endlosen Jahren erklärt, warum die Menschheit eine ewige Anfängerin bleibt.«

»Ich weiß nicht, warum Sie das sagen und warum gerade mir.«

»Weil Sie auch dann gut zuhören, wenn Sie gar nicht hören wollen. Man hat meinem Ahnen, dem König David, ein junges Mädchen auf den Leib gebunden, damit sie die Kälte vertreibe, die dem alten Mann in allen Knochen steckte. So steht's in der Bibel. In Wahrheit aber geschah es, damit er stets ein junges Mädchen habe, das ihm zuhöre, ohne davonlaufen zu können.«

»Ich muß nun gehen«, sagte Maria. Sie begriff nicht sofort, warum ihre Worte ihn so belustigten, daß sich sein Gesicht völlig veränderte und sie plötzlich einen ganz anderen Menschen vor sich hatte. Es schien ihr wahrhaft phantastisch, aber dieser Invalide sah plötzlich aus, als wäre er glücklich seit einer Ewigkeit.

Sechstes Kapitel

Die drei Säle waren überfüllt. Das Publikum setzte sich aus Leuten zusammen, die glaubten, keine Generalprobe und keine Eröffnung könnte ein Ereignis werden, wenn sie daran nicht teilnähmen.

Nur wenigen war Walter Dorten ein Begriff. Diesmal kamen sie, weil es hieß, der Maler sei auf sonderbare Weise verschwunden und habe ein Geheimnis zurückgelassen, das vielleicht während dieser Vernissage gelüftet werde.

Sie standen in kleinen, sich immer wieder auflösenden und neu bildenden Gruppen zusammen, die Rücken den Bildern zugekehrt; sie schienen in Gespräche vertieft zu sein, deren Gegenstand ihnen gewöhnlich durchaus gleichgültig war und deswegen auch immerfort wechselte.

»Ich möchte gern ein paar handfeste Möbelpakker herholen und dieses ganze Gesindel aufs Pflaster hinauswerfen lassen«, sagte Maria empört. »Und hier kommt deine Madame Elisabeth, armer Vater. Ich verlasse dich, dein feines Premierenpublikum, deine Elisabeth und diese Bilder, die alles zusammen nichts anderes tun als brüllen und kreischen.«

»Geh noch nicht weg, Giladi muß in irgendeinem der Säle sein, kümmere dich ein wenig um ihn.«

»Und wenn ich keine Lust dazu habe?«

»Du lügst, Maria. Er interessiert dich. Du weißt nicht, warum, und auch ich weiß es nicht.«

»Er interessiert mich, weil er weder Psychologe ist noch moderner Maler. Außerdem möchte ich erfahren, wie er seinen Arm verloren hat, was er von der Welt denkt, von der Familie Gerlan und besonders von der jüngeren Tochter. Ciao.«

Sie traf Giladi in einer Ecke des Saals. Er stand wie eingekeilt zwischen den Brücken-Bildern, sein Kopf schien sich unter den Sonnen zu ducken, die über ihm auseinanderbarsten.

»Haben Sie nicht ›Hilfe‹ geschrieen?«

»Nein, warum?« fragte Giladi. »Wegen der Bilder?«

»Ja, finden Sie die nicht unerträglich?«

»Nicht unerträglicher als . . . als mich selbst zum Beispiel.«

»Ach was«, meinte Maria, »jeder ist in sich selbst verliebt und Sie natürlich auch.«

»Vielleicht«, antwortete er lachend, »aber dann unglücklich.«

»Die Antwort finde ich ganz gut, weil sie undeutlich ist, zumindest zweideutig . . . Und wen lieben Sie sonst?«

»Wen ich sonst noch liebe, wollen Sie wissen?«

Der Lärm verstärkte sich unaufhörlich, als wollte er zum Orkan anwachsen, und drang betäubend auf jeden ein, der nicht selber mitschrie. Giladi schloß die Augen, als könnte er so das gewalttätige Geräusch entfernen. In dieser Minute sehnte er sich nach der Einsamkeit des Wanderers in der Wüste.

Er flüchtete sich in die Erinnerung an die Wochen, in denen er mit einem Spähtrupp durch die Wüste Negev gezogen war, an jenen Abend besonders, an dem er sich verirrt hatte. Eigentlich schien es unmöglich, die Gefährten aus den Augen zu verlieren; der Blick reichte über viele Kilometer im Umkreis. Er durfte nicht rufen; man fürchtete die Nähe einer größeren feindlichen Patrouille. So blieb er damals bis zum Morgen ganz allein unter dem Sternenhimmel in der mondlosen Nacht. Noch vor Mitternacht verließ ihn die Furcht, dann die Angst und endlich jegliche Erwartung. Er lag in einer Grube, der ausgehobene Sand bildete einen kleinen Hügel, der ihn gegen den Wind schützte und dem Kopf eine Stütze bot. Als die Stunden vergingen, hörte er auf zu denken, er habe seine Kameraden verloren oder seine Kameraden hätten ihn verloren. In jener Nacht büßten die Worte »verlieren« und »finden«, »enden« und »beginnen« ihren Sinn ein – nein, nicht für Stunden, doch für Minuten, die häufig wiederkehrten, ehe der Morgen kam.

»Sind Sie noch da, junge Maria? Wenn ja, so will ich Ihnen verraten, daß meine Gefühle verworrener sind als die eines Waisenkindes, das zu vielen Frauen Mutter gesagt und nie ein Zuhause gehabt hat. Eines Nachts, in einem Warschauer Haus, das von den Schüssen zitterte, mit denen man die letzten Bewohner des Ghettos vernichtete . . .«

»Und was geschah in dieser Nacht?« fragte Maria.

»Sie wissen natürlich, daß Erinnerungen unserem

Bewußtsein entschwinden können, bis man schließlich vergißt, daß man vergißt. In mir waren alle guten Erinnerungen gestorben oder hatten sich in Kadaver verwandelt, die ich überallhin mit mir trug. In jener Nacht nun verließen sie mich, als ich mit vieltausendjähriger Verspätung die Entdeckung machte, daß sich retten könnte, wer es zustande brächte, das Unvergängliche zu lieben. Verstehen Sie, Maria: meine Frau war tot, sie und mein Sohn waren getötet worden. Während langer Wochen hatte ich zugesehen, wie ein seltsamer junger Mensch an einer schweren Verwundung unaufhaltsam dahinstarb. Dieser Junge hätte mich gerettet, ich aber konnte nichts für ihn tun. Ja, nichts. Und später, eben in jener Nacht, ging es mir auf, daß man nur Gott lieben müßte, eben weil er, er allein, nicht sterben kann. – Er allein«, wiederholte Giladi, »er allein, wenn es ihn gibt. Doch muß man ihn jeden Tag aufs neue erfinden. Sobald man dessen müde wird, begreift man, daß er nur so lange unvergänglich ist, als wir Sterblichen es wollen.«

»Also wirklich, seit jener Nacht. . .«, wiederholte Maria stockend, ehe sie von ihrem Vater unterbrochen wurde, der plötzlich neben ihnen auftauchte.

»Es wird ein Erfolg«, rief Gerlan aus, »Maria, da hast du ein sauberes Taschentuch, wisch dir die Tränen aus den Augen. Wie gesagt, es sieht nach einem Triumph aus. Wo immer Walter sein mag: Morgen in den Abendblättern oder übermorgen in den Morgenblättern oder später in den Wochenschriften und in den wichtigsten ausländischen Zeitungen

– überall wird er es lesen können, daß er ein großer, bisher unbegreiflicherweise verkannter, doch künftig und bis ans Ende aller Zeiten anerkannter Künstler ist.«

»Und was beweist das?« fragte das junge Mädchen fast zornig; es gelang ihr nicht, die Tränen zu stillen, und sie wußte nicht recht, warum sie weinte.

Sie verließ die beiden, ohne sich umzusehen, und drängte sich rücksichtslos durch die Menge, um schneller zum Ausgang zu gelangen.

Über Nacht wurde Dorten bekannt, eine Woche nach der Ausstellung war er berühmt. Nach den vielen Artikeln der Kritiker, von denen einige in einem Kauderwelsch fachsprachlicher und metaphysischer Ausdrücke andeuteten, daß sie die ungewöhnliche Begabung Dortens seit langem erkannt hätten – nach den Urteilen der Spezialisten kam erst der große Trompetenstoß: Eine illustrierte Wochenschrift widmete ganze acht farbig illustrierte Seiten dem Werk des »genialen Malers«. Auf der ersten dieser acht Seiten sah man, retuschiert und stark vergrößert, das Paßfoto des Künstlers, darüber in riesigen Lettern die Schlagzeile: *Der reichste Bettler aller Zeiten – Ein zeitgenössisches Genie in den Fußstapfen van Goghs.*

»Der Schnee beweist nichts«, sagte der Zeitungsverkäufer. »Vielleicht im Gegenteil, Herr Doktor, vielleicht werden wir einen milden Winter haben.«

»Der letzte Winter meines Lebens«, dachte Gerlan – und verbot sich diesen Gedanken gleich wieder. Es war die Koketterie eines romantischen Halbwüchsigen, diese seit kurzem wiederkehrende Ahnung des nahen Todes. Sie war in ihm an jenem Morgen aufgestiegen, als sich ihm zum ersten Mal die triviale und beunruhigende Vision aufgedrängt hatte: Seine Kinder und seine Frau, sein Haus, sein Garten, seine Bäume und das Wäldchen am Horizont – alles verband sich zu einem ruhigen, sicheren Sein, darin nichts fehlte, wenn es ihn nicht gab. An jenem frühen Morgen schien ihn alles auszuschließen.

Der letzte Winter meines Lebens – was bedeutete das nun wieder?

Ein Mann mietete ein Boot, damit wollte er in die Stadt rudern. Er wurde vorher müde, der Nachmittag war heiß, ein Gewitter drohte, so ruderte er ans Ufer, ließ das Boot im Stich und schlug sich in die Büsche. Man fand das Boot und brachte es zurück. Der Mann aber kehrte nicht mehr heim, er erreichte auch nicht mehr die Stadt, er . . .

An wen denke ich jetzt, an Walter oder an mich? fragte sich Albert ungeduldig. Er betrachtete die Zigarette, er hatte nur ein paar Züge getan, aber sie schmeckte schlecht, wie ein erkalteter Stummel; er warf sie auf den Boden und zertrat sie, als sollte keine Spur von ihr bleiben.

Der Schnee schmolz schnell auf dem Pflaster, auf seinem schwarzen Wagen, auf dessen Dach er wie ein zerfasertes weißes Tuch lag. Albert schaufelte ihn mit der Hand weg. Nachdem er den Motor angelassen hatte, verspürte er keine Lust mehr, nach Hause zu fahren. Ihm schien auf einmal der Gedanke unerträglich, mit seiner Familie die üblichen, immer gleichen Worte zu wechseln, mit ihr am Tisch zu sitzen und jene Gesten zu vollziehen, die das Bewußtsein nicht mehr zu begleiten braucht. Mit ihnen ist das Leben angefüllt bis an den Rand. Albert schaltete den Motor ab, stieg aus dem Wagen und machte sich auf den Weg, der ihn geradeaus zum Fluß führte.

Etwas Unvorhergesehenes tun. Er beschleunigte den Schritt, bis ihm, auf der Mitte der Brücke angelangt, der Atem wegblieb. Er hielt an, stützte sich auf das Geländer, hob die Augen zu dem Hügel, der im Norden die Stadt abschloß, und erblickte die Lichter der Laternen, die um das alte Kastell einen Kreis zogen. Dorthin wollte er jetzt.

»Entschuldigen Sie«, sagte der Taxichauffeur, während er das Trinkgeld einsteckte, »aber wenn am Abend das Ende vom Dienst kommt und ich kann pünktlich zu Hause sein, mich an den Tisch setzen zum Essen, die ganze Familie um mich versammelt – dafür verzichte ich auf den besten Fahrgast.« So ließ sich Gerlan von ihm nur zum eigenen Wagen zurückbringen.

Er kam durch die ältesten Vororte der Stadt, deren Bewohner gleich dem Taxichauffeur unwiderstehlich durch das Abendessen im Familienkreis angezogen sein mochten, vielleicht weil es ihnen die

Gewißheit gab, wieder einen Tag besiegt zu haben. Nur wenn es spät geworden ist, wird man sich bewußt, daß jeder dieser Siege über die Zeit eine Vorstufe zum eigenen Untergang ist.

Jeder Augenblick, der verrinnt, nimmt ein Stück unseres Seins mit sich, dachte Albert, während er seinen Wagen vorsichtig über die schlechtbeleuchtete, kurvenreiche Landstraße steuerte. Wir verbringen Jahrzehnte damit, den Augenblick aufzumuntern wie ein Rennpferd, auf das wir gewettet haben. Die Sonne über dem Tal von Gibeon für eine Weile zum Stillstand zu bringen – das ist zu wenig. Auf die Knie müßten wir alle gehen, die noch leben, und flehen: Verweile, Augenblick; deine Bewegung mordet uns!

»Sie können mit dem Wagen hineinfahren, wenn Sie zum Restaurant wollen; das Kastell ist geschlossen, Besichtigung nur am Tage!« erklärte der livrierte Pförtner.

Gerlan sah ihn lächelnd an und meinte: »Eigentlich müßten Sie ein alter Mann sein, Kriegsinvalide.« Der junge Portier zögerte, ehe er sich für die Strenge entschied: »Das hat nichts damit zu tun. Wollen Sie ins Restaurant, ja oder nein?« fragte er unwirsch und ließ den Wagen erst durch, nachdem Gerlan ihm erklärt hatte, daß er in der Tat zu speisen gedenke.

Der Oberkellner deutete an, daß an einem normalen Wochentag während der toten Saison die

Speisekarte natürlich nichts Besonderes bieten könne. Wie zur Erläuterung wies er zum Fenster hinaus auf die fernen Lichter der Stadt. Er erschien erst wieder nach der Mahlzeit, die eine Kellnerin serviert hatte, und lud den Gast ein, den zum Menü gehörenden Kaffee vor dem berühmten alten Kamin am andern Ende des Saals einzunehmen, von wo man die Mäander des Flusses und alle Brücken der Stadt mit einem Blick umfassen konnte. Ungern, nur um nicht unhöflich zu sein, folgte Albert der Einladung. Er mußte warten, das Getränk wurde erst serviert, als ein älterer Herr sich zu ihm an den niedrigen türkischen Tisch setzte und die leere Tasse vorstreckte, als könnte er es nicht eine Sekunde länger ohne den Kaffee aushalten. Er schlürfte ihn laut mit einem Behagen, das übertrieben wirkte, und hielt die geleerte Tasse der Kellnerin noch einmal hin.

»Ich bin nämlich, wenn ich so sagen darf, ein Coffeinist«, wandte er sich an Gerlan. »Oh, nicht nur das natürlich. Daneben bin ich Advokat, Zivil- und Strafrecht, überdies seit vielen Jahren verwitwet, ansonsten Besitzer einiger Mietshäuser, einer Villa und eines falschen Gebisses, wie Sie zweifellos hören.«

Gerlan nickte kühl und wandte seinen Blick den Brücken zu und dem Licht der Kandelaber.

»Daß Sie und ich, daß wir gerade im gleichen Augenblick vor diesem weit überschätzten Kamin unseren Kaffee nehmen, mit oder ohne Likör, könnte ein Zufall sein, wäre somit keiner anderen Erklärung bedürftig. Selbst daß ich weiß, daß Sie der ältere Sohn des vor sechs Jahren verblichenen Dr. Bernhard Gerlan sind, auch das könnte noch ein Zufall sein ... Ah, jetzt beginne ich Sie doch ein wenig zu interessieren. Jedoch weniger als die Brücken, somit noch immer nicht genug. Abwarten! Daß ich seit vier Tagen der Anwalt der Mutter Walter Dortens bin, macht es unwahrscheinlich, daß ich nur aus gastronomischen Gründen in diesem schlechtgeführten Wirtshaus diniere.«

»Ich kenne Sie nicht«, antwortete Gerlan, ohne ihn anzusehen. »Wenn Sie etwas von mir wollen, so schreiben Sie mir.« Er rief nach der Kellnerin, die ihm die Rechnung bringen sollte.

»Nicht nötig, ist schon geregelt. Ich bin so frei gewesen«, griff der Mann ein und stieß danach einen Ton aus, ähnlich dem, der seinen Kaffeegenuß begleitet hatte. »Von dem Augenblick an, an dem Sie das Tor der Festung erreicht hatten, waren Sie mein Gast. Übrigens habe ich auch dem Pförtner das Trinkgeld gegeben, auf das er ein Anrecht hat – Sie boten ihm statt dessen nur einen überflüssigen Aphorismus, wenn ich so sagen darf.«

Albert erhob sich. Die Situation war peinlich und zugleich beunruhigend; er war in eine Komödie geraten, die ein anderer schlau und absichtsvoll vorbereitet hatte.

»Die Kellner haben nicht das Recht, Sie für mich zahlen zu lassen. Und der Rest ist – ist überflüssig. Wie gesagt, wenn der Anwalt der Frau Dorten etwas von mir will, so soll er mir – oder noch besser:

dem Rechtsanwalt Harms – schreiben«, sagte Gerlan und stand auf. Während er auf die Kellnerin wartete, ließ er den Blick zum Gesicht des lästigen Tischnachbarn streifen. Der gänzlich kahle, etwas abgeplattete Schädel und das spitze Altweiberkinn bewirkten, daß das Gesicht einer karikaturistisch verzeichneten Birne ähnlich sah. Rote Flecken bildeten wohlgeformte Kreise über den hängenden Wangen und über den sorgfältig gewölbten Halbbogen der Brauen, unter denen die jungen mandelförmigen, hellbraunen Augen überraschten, als wären sie einem fremden Antlitz entlehnt. Der aufdringliche Mann fing Gerlans Blick auf und sagte, diesmal fast so ruhig, als zitierte er mit Bedacht einen nicht leicht entzifferbaren Text:

»Um mit dem Anfang anzufangen, wie die Franzosen sagen: Ihr gottseliger Vater, der hieß gar nicht Bernhard, sondern Ferdinand mit seinem ersten Vornamen – genau wie ich. Ferdinand Franke, so heiße ich. Aber als wir jung waren, Ihr Papa und ich, da wurde Ferdinand ein ganz billiger, sozusagen proletarischer Name. Daher Bernhard. Ich blieb Ferdinand. Sie als moderner Psychiater, Sie begreifen alles, natürlich, Sie haben schon den Zusammenhang durchschaut zwischen dieser Angelegenheit der Vornamen und den Gründen, warum ich Sie für teures Geld seit langem beobachten lasse und jeden Schritt, den Sie tun, registriere. Sie kosten mich mehr als eine bescheidene Mätresse ... Setzen Sie sich. Die Kellnerin wird nicht so bald kommen, und wenn Sie sich davonmachen, ehe sie da ist, werden Sie sehr viel Zeit vor dem verschlossenen Tor verlieren. Der Pförtner, der Ihnen nicht alt genug erschien, wird nicht zur Stelle sein ... Mein Gott, was muß ich noch alles tun, um Sie, wenn nicht zu beeindrucken, so doch wenigstens nicht mehr zu langweilen? Setzen Sie sich endlich, Dr. Gerlan, und sagen Sie mir, ob Ihnen mein Name oder vielleicht gar meine mediokre Erscheinung etwas sagt.«

Warum haßt mich dieser Franke? fragte sich Albert. Er zweifelte nicht daran, daß der Fremde mit der Genauigkeit eines pedantischen Paranoikers alles vorgekehrt hatte, um ihm das Verlassen des Kastells für eine Weile unmöglich zu machen. Gerlan setzte sich wieder, nahm die Zigarette an, die ihm der Anwalt anbot, und sagte: »Es mag sein, daß ich mich irre, denn es liegt nun über zwanzig Jahre zurück; aber wenn ich mich recht erinnere, waren Sie der Vertreter der Zivilparteien im ersten Prozeß gegen meinen Vater.«

»Im Prozeß gegen den Arzt Ferdinand Bernhard Gerlan, der sich eine Spezialität daraus gemacht hatte, bei jungen Frauen Abtreibungen vorzunehmen – ja, das war ich, der gegnerische Anwalt. Ja, aber warum? Aus wieviel Gründen? Aus zwei plus einem. Wollen Sie sie kennenlernen?«

»Sie brauchen gar nicht danach zu fragen, denn Sie sind entschlossen, aus mir Ihren Zuhörer zu machen. Reden Sie also, Herr Franke.«

»Aus zwei Gründen und einem, sagte ich«, begann der Advokat; wieder schlürfte er gleichsam jauchzend. »Lassen wir den einen, der ist sozusagen psychologisch. Ich nenne ihn am Ende und lasse dann gleichzeitig Champagner servieren zusammen mit einer Havanna in luxuriösester Ausstattung. Also zuerst die zwei Gründe. Beginnen wir mit dem zweiten: Ihr Vater machte aus dem Delikt eine weltanschauliche und politische Angelegenheit; da waren außerdem Parteien im Spiel und daneben gewisse kulturelle, fortschrittliche Gruppen, von denen man erwarten durfte, sie würden einen Heidenlärm machen. Kurz, ich als Gegenanwalt fand endlich eine Gelegenheit, öffentlich bekannt zu werden – bekannt, nicht berühmt wie der falsche Bernhard. Wollen Sie jetzt einen Likör oder später?«

»Nicht jetzt, nicht später, fahren Sie fort.«

»Der erste der zwei Gründe war persönlich. Ich liebte die junge Person. Sie hätte mich geheiratet, wenn man ihr das Kind nicht genommen hätte; sie hatte keinen anderen Ausweg. Ich war es, der sie zu Ihrem Vater schickte, den ich vorher über alles informiert hatte. Er, mein Freund, sollte ihr alles erklären und sie zur Einsicht bringen – statt dessen hat er ihr die Frucht im Leibe getötet. Die Operation ist ihm gelungen, ihm, aber wie Sie sich erinnern müssen, nicht der Patientin. Sie wurde geisteskrank. Sie werden natürlich bestreiten, daß es da ein Verhältnis von Ursache und Wirkung gab . . . Sie bestreiten es nicht?«

»Ich höre Ihnen zu, das mag genügen.«

»Und wissen Sie, warum dieser falsche Bernhard

die Abtreibung vorgenommen hat? Aus Feindschaft gegen den Abtreibungsparagraphen, aus einer philantropischen, sozialen oder kommunistischen Überzeugung? Hören Sie gut zu, Dr. Gerlan. Ihr gottseliger Vater hat werdendes Leben getötet und eine junge Frau in die Hölle des Wahnsinns expediert, weil ihm ihr Körper gefiel, weil er vorhatte, mit ihr etwas anzufangen – ein paar Wochen nach der Kürettage.«

»Sie sind verrückt, ein heillos verrückter Verleumder«, unterbrach ihn Albert.

»Mag sein. Aber ich habe den Vorzug und genieße die Ehre, nicht der Sohn des Abtreibers Ferdinand Gerlan zu sein.«

»Ich kann jetzt wohl gehen, denke ich«, stieß Gerlan mit zitternden Lippen hervor.

»Warum sagen Sie das? Wann hätten Sie nicht gehen können? Sie waren nicht eine einzige Sekunde sequestriert, das wollen wir fürs erste protokollarisch festhalten. Doch natürlich werden Sie jetzt nicht gehen. Ein kleines Hors d'oeuvre ist keine Mahlzeit. Nach sowas verläßt man noch nicht den Tisch, außer man will flüchten, weil man Angst hat, furchtbare Angst.«

»Wovor sollte ich Angst haben, Herr Franke?«

»Vor dem Espenblatt, das im leisen Zephir zittert, was weiß ich; vor den Lügen Ihres Vaters, vor Ihren eigenen Unternehmungen, jedenfalls: vor mir.«

»Beruhigen Sie sich. Sie sind krank, schwer krank, Herr Franke. Glauben Sie es mir.«

»Niemandem, Dr. Gerlan, niemandem glaube ich lieber als Ihnen . . . Vor vier Monaten – Sie waren damals vom Poker absorbiert und noch nicht der Veranstalter einer Gemäldeausstellung, auch noch nicht der Seelenhirt eines Nazimörders und eines jüdischen Attentäters – Sie sehen, alles weiß ich – ich sage also: Vor vier Monaten haben mir die Spezialisten den Bauch aufgeschlitzt. Überaus erfolgreiche Operation, hat mich ein kleines Vermögen gekostet. Daher geht es mir blendend seit ein paar Wochen. Der Magenkrebs ist besiegt, er wird mich erst in acht Wochen oder in zehn oder in dreizehn Wochen töten. Und inzwischen lasse ich, mitten im Winter, die Rosen blühen auf meinen Wangen und leiste mir eine kostspielige, langatmige Abrechnung, alles luxuriös ausgeführt.«

»Ja alles«, wiederholte Albert lächelnd, »und dazu hinterher Champagner und eine Havanna. Mag sein, daß Ihre Kindheit . . .«

»Vergessen Sie Ihre Psychologie, mein guter Herr, und lassen Sie meine Kindheit im Schlunde der Vergangenheit. Es genüge Ihnen zu wissen, daß ich ein Geizhals bin, ein pathologischer Fall von Gewinnsucht und Knickerei. Gut, was nützt Ihnen das? Seit Monaten gebe ich ein Heidengeld aus, um Sie und die Ihren beobachten zu lassen. Und sogar um die blöden Dorten-Frauen in Bewegung zu setzen und endlich die Vollmacht in die Finger zu kriegen, mußte ich Geld ausgeben. Es ist wahr, dabei wird auch viel Geld hereinkommen. Aber für wen? Wann, meine ich. In dreizehn Wochen und einem

Tag? ... Kommen wir zum Thema zurück. Gerlan Ferdinand wird also nach dem ersten glorreichen Erfolg ein Vorkämpfer der Abtreibung. Er, ein Lungenspezialist, spezialisiert sich in dieser kleinen Chirurgie; er sucht den Prozeß ... Na, da half ich ihm denn, ich war überall am Werk: in der Presse, bei den Pfaffen aller Konfessionen, ich trieb zum öffentlichen Skandal. Ihr Vater wurde verurteilt, das war mein kleiner Erfolg. Für ihn war es der Triumph; denn er ging aus der Affäre als Bannerträger hervor, als Symbol. Während langer Monate verging kein Abend, an dem er nicht öffentlich auftrat. Man druckte seine Reden, man schrieb ein Theaterstück, dessen Held er war. Und daß ich seine Fotos nicht vergesse: Ach, diese edle weiße Stirn, dieses traurige Gesicht und ...«

Die Stimme des alten Mannes überschlug sich, die Worte kamen verstümmelt über seine Lippen, die anzuschwellen schienen. Er mochte fühlen, daß Gerlan ihn aufmerksam beobachtete, doch steigerte das nur seine Erregung, bis sie völlig unbezähmbar wurde und sich in einem Gelächter entlud, das sein Gesicht entstellte und den Oberkörper in konvulsivisches Zucken versetzte.

Unmittelbar drängte sich Gerlan eine Vorstellung auf: eine schwarze Perücke, aus der in Büscheln krause Haare fielen. Er rief beschwörend aus und wiederholte immer eindringlicher »Truffaldino, Truffaldino«.

Das Lachen brach mit einem Mal ab, die Züge des entstellten Gesichts sammelten sich wieder. Aus den geröteten Augen fielen die Tränen tropfenweise auf die vorgeschobene Unterlippe. Franke wischte sich den Schweiß, doch nicht die Tränen vom Gesicht und fragte mit schwacher Stimme: »Was schreien Sie wie verrückt ›Truffaldino‹? Ist das eine Beschwörung oder was?«

»Nein, unwichtig«, erwiderte Gerlan, fast beschämt. »Ich dachte an jemanden, den ich in meiner Kindheit gesehen hatte . . . Fahren Sie nun fort in Ihrer endlosen Rede, aber erzählen Sie mir nicht die Geschichte meines Vaters, denn die kenne ich. Ich habe alle diese Episoden miterlebt.«

»So? Ich erinnere mich nicht, Ihren Namen auf der Liste der Ärzte gesehen zu haben, die für Ihren Vater eingetreten sind, für ihn und gegen die Ärztekammer, als sie ihn ausschloß. All diese Episoden miterlebt, sagen Sie? Als die Russen den Abtreibungsparagraphen in der Sowjetunion einführten und daraufhin die Kommunisten ihrerseits bei uns die Karre umkippten, wollten Sie plötzlich nichts mehr mit dem Vorkämpfer Bernhard Gerlan gemein haben. Der war halt zu sehr gewohnt vorzukämpfen, so hat ihn die Partei ausgeschlossen. Plötzlich war er allein – nein, nein, mein guter Herr, ich kann und kann mich nicht erinnern, Sie auf seiner Seite gesehen zu haben. Und als man ihm den letzten Streich gespielt hat, ihn kompromittiert hat in der Öffentlichkeit mit dem jungen Mädchen, das ein intellektuelles Hürchen war im Dienste der Politik – auch da schweigen Sie beharrlich, Dr. Gerlan. Oder sollte ich mich irren?«

»Nein, Herr Franke, aber worauf wollen Sie hinaus?«

»In allem Glück gehabt, der Ferdinand, mit allem – außer mit den Kindern. Lassen wir das ... Genau im Augenblick, in dem Ferdinand aufgehört hat, das unverschämteste Glück zu haben, begannen Sie damit. Sie müssen wissen, auch ich hatte einen Sohn. Nur einen natürlichen, keinen ehelichen. Ich sah keinen Grund, seine Mutter zu heiraten. Da ich aber in meiner Ehe keine Kinder hatte, wäre er mein Erbe geworden. Doch auch er hatte kein Glück im Leben – genau wie ich. Alpinist war er, hat sich nicht in den Bergen getötet; da ist er nur erfroren, weil die Hilfe zu spät kam. Für Leute, die kein Glück haben, kommt die Hilfe, wenn überhaupt, immer zu spät. So zum Beispiel für Dorten. Als er von den Bildern leben wollte, waren sie nichts wert. Da wird er verrückt, verschwindet. Sie etablieren sich flink als sein Erbe, und natürlich bekommt die von diesem Dorten bepinselte Leinwand einen Wert. Doch nein, dieses Mal werde ich rechtzeitig eingreifen, ich werde Sie ins Zuchthaus bringen. Sie haben ein fremdes Vermögen erschlichen, Sie ...«

»Genug. Gewiß verdienen Sie Mitleid; Sie sind schwer krank. Aber leider hindert Sie das nicht, ein hemmungsloser, verleumderischer Schwätzer zu sein. Ich rechne fest damit, daß mein Freund in den nächsten Tagen wieder auftaucht. Es wird keinen Streit um seine Hinterlassenschaft geben. Sie werden dann sagen, daß das Glück wieder einmal nicht auf Ihrer Seite gewesen sei.«

»Diesmal sind Sie der Schwätzer, mein allerbester Herr. Nichts begründet Ihre Behauptung, daß Dorten wieder auftauchen wird. Wissen Sie überhaupt, ob er noch lebt? Wenn ja, wo? Und warum haben Sie dann in allen Zeitungen schreiben lassen, daß Sie bisher nicht die geringste Spur des Vermißten haben aufspüren können?«

»Nun habe ich endgültig genug! Guten Abend.«

»Setzen Sie sich wieder. Sie werden nicht grausam sein gegen einen todkranken alten Mann. Außerdem ist der Champagner bereits in Sicht und die Zigarre. Also kommen wir zur Sache. Es ist wie seinerzeit auf der Schulbank, die Ihr gottseliger Vater mit mir geteilt hat: jeder meinte, daß Ferdinand Gerlan immer die Antwort kannte, aber ich war es, der sie wußte, und ich Trottel sagte sie ihm immer vor. Ich weiß es, nicht Sie, wie es tatsächlich heute, in dieser Minute, mit vorbesagtem Walter Dorten bestellt ist. Bleiben Sie sitzen, springen Sie nicht immer auf, das paßt weder zu Ihrem Alter und zu Ihrer bedeutenden Position noch zu Ihrer grotesken Figur.«

»Wo ist Walter?« fragte Gerlan ungeduldig, doch gab er es gleich auf, in Franke zu dringen. Wenn der Anwalt wirklich wüßte, daß Walter lebt, würde er nicht die Erbschaftsangelegenheit übernommen haben. Umgekehrt brauchte er keinen Beweis für den Tod des Malers, wenn es ihm vorerst nur darum ging, Gerlan jede Verfügung über die Bilder zu entreißen.

»Ehe ich antworte, meinerseits eine Frage, Dr.

Gerlan, Sie erlauben? Wenn es Ihnen nicht um die Hinterlassenschaft geht, was liegt Ihnen an Walter Dorten? Freundschaft zwischen einem so erfolgreichen Mann, wie Sie es sind, und einem so verzweifelt erfolglosen wie dem Maler Dorten gibt es nicht. Es sei denn, der Erfolglose würde sich bedingungslos in den Dienst des Erfolgreichen stellen. Unterbrechen Sie mich nicht, mein Guter! Bedenken Sie lieber, mit wem Sie seit Jahren ständig verkehren, von gleich zu gleich, versteht sich. Ich gebe Ihnen zwei Minuten Zeit. Denken Sie nach, ob Sie während der letzten zehn Jahre auch nur mit einem einzigen Menschen ständigen Verkehr gehabt haben, der so ein armer Teufel war wie der Dorten. Ich schaue auf meine Uhr, starten Sie!«

»Sie brauchen nicht bis zur hundertzwanzigsten Sekunde zu warten«, sagte Gerlan. »Gesetzt den Fall, ich gäbe Ihnen recht, was würden Sie daraus folgern?«

»Fürs erste, daß Dorten nicht Ihr Freund war, sondern nur, wenn ich so sagen darf, Ihr Titular-Armer. Es ist wirklich zum Lachen, wie jeder Erfolgreiche überzeugt ist, daß er, er allein der gottgewollte Erbe seines Armen ist – zum Lachen ... Nun trifft es sich aber, daß dieser Dorten noch lebt – mehr oder minder.«

»Wo ist er?« fragte Gerlan. Er mußte an sich halten, um sich nicht auf den Advokaten zu stürzen, der jetzt sehr ruhig zu sein schien, zufrieden mit sich und seiner Zigarette, an der er nach jedem Zug schnupperte. Er sagte: »Ich informiere Sie sofort: Dorten will Sie nicht sehen. Er würde die Flucht ergreifen, wenn Sie sich dem Ort auch nur näherten, an dem er sich aufhält. Genügt das?«

»Wo ist er?« wiederholte Albert. Ihn übermannte das Gefühl, diesen üblen Mann viel zu lange ertragen zu haben, ihn und seine rasende Begier zu demütigen.

»Wenn Sie also kein Erbschleicher sind«, sagte Franke, »dann hindert Sie ja nichts daran, hier dieses Schriftstück zu unterzeichnen, kraft dessen Sie erklären, keine wie immer gearteten Ansprüche an Walter Dorten oder seine eventuellen Rechtsnachfolger erheben zu können noch zu wollen. Da, setzen Sie hier Ihre Unterschrift hin, und auf der Stelle werden wir den Champagner in den Kelchen perlen lassen.«

Albert wunderte sich über sich selbst, denn er hatte keinen Grund, die Unterschrift zu verweigern. Ohne den Kopf zu wenden, durchmaß er mit schnellen Schritten das weitläufige Restaurant, bis er vor dem schweren barocken Tor auf den Oberkellner und die Kellnerin stieß. Franke holte ihn ein, ehe er über die Schwelle trat: »Ich bitte Sie ergebenst um Entschuldigung, ich habe Sie ohne jede Absicht erbost. Verzeihen Sie einem alten, schwerkranken Mann. Vergessen Sie nicht, daß dies so gut wie sicher unsere allerletzte Begegnung ist.«

Albert gab nach. Vor nichts hatte er solch eine entwaffnende Angst wie vor der falschen Demut, vor der absichtsvollen Selbsterniedrigung, zu der ein Mensch sich verurteilt, um einer vermeintlichen

Niederlage zu entfliehen. Am fürchterlichsten schien ihm der Haß, in dem der so Erniedrigte vergifteten Trost findet. So war er gar nicht erstaunt darüber, daß Franke, sobald er sich, wie nach einem langen Rennen, geräuschvoll verschnauft hatte, herausfordernd erklärte:

»Gut, diesmal haben Sie begriffen, daß Sie nicht Manns genug sind, mir zu entwischen. Und ich verstehe, daß ich mich wegen dieses Schriftstücks an Ihren Vertreter, meinen begabten Kollegen Harms, wenden muß. Bis dahin Schwamm drüber, auch über die Frage, ob Dorten lebt und wo . . . Und sehen Sie, da nähert sich der Ober mit dem Eiskübel, die Stimmung erwärmt sich zwischen uns beiden, und ich darf Ihnen eine intime Frage stellen: Dr. Gerlan, sind Sie glücklich?«

Um nicht länger belästigt zu werden, antwortete Albert: »Ich bin nicht unglücklich – jedenfalls kein unglücklicher Mann.«

»Also, das ist keine erhebende Antwort, Herr Doktor. Sehen Sie mich an. Selbst ich – wie die allermeisten Leute: wir alle können so eine Antwort geben. Hier, nehmen Sie Ihr Glas. Na prost! Und verzichten wir auf die Zigarren, sie sind ja doch zu teuer, und am Ende liegt mir nichts an ihnen . . . Es ist schon merkwürdig: Natürlich gibt es keine Zufälle, aber Sie hätten ja auch in ein anderes Lokal gehen können. Man hätte mich sofort verständigt und ich hätte Sie auch dort getroffen. Doch wäre alles anders gewesen. In diesem leeren riesigen Turm ist alles auf uns abgestimmt. Ich bin einmal mit der

Frau Ihres Vaters heraufgekommen, aber da war es schon spät auf dem Zifferblatt ihres Lebens und des meinen. Als wir noch sehr jung waren, der andere Ferdinand und ich, da gab es bei uns nur ein Mädchen, das zugleich hübsch und wohlhabend war. Alle glaubten, daß sie mir den Vorzug geben würde; ich, nicht Ihr Vater, war der ständige Begleiter und – wenn Sie so wollen – ihr Herzensfreund. Aber geheiratet hat sie den anderen. Auch weil im richtigen Augenblick er, nicht ich, das Stipendium bekam – weil er, nicht ich, mit dem Studium rechtzeitig fertig wurde.« Er schwieg eine Weile. Dann fuhr er fort: »Dort am Tisch rechts, da saß ich mit Ihrer Mutter, an einem späten Nachmittag im Frühling. Ich sollte für sie ein kleines Grundstück, das letzte, das sie besaß, zu Geld machen. Aber der Erlös reichte nicht. Ihre Mutter hatte nichts mehr zu verkaufen, nichts mehr an sicheren Werten zu verpfänden. Ich borgte ihr trotzdem eine kleine Summe, dafür verschaffte sie mir Zutritt zu Ihrem Vater.«

»Das ist nicht wahr«, rief Albert entsetzt aus. »Das ist nicht möglich.«

»Trinken Sie, Doktor, trinken Sie! Dieser Champagner ist vielleicht nicht der beste, ich muß es nun mal sagen; denn Leute, die aus kleinen Verhältnissen stammen, müssen hochnäsige Feinschmecker sein und unerbittlich streng in der Beurteilung von Luxusartikeln ... Ja, wo waren wir stehengeblieben? In der Dienstmädchenkammer bei Ihrem Vater. Sie werden es nicht glauben, mein Guter, er war zwar überrascht, mich plötzlich hinter seinem Stuhl zu finden, aber er faßte sich schnell, und am Ende fand er es gut, daß wir alten Kameraden wieder ein bißchen zusammen waren. Vergessen Sie nicht, schließlich bin ich der älteste, der dauerhafteste, sozusagen der im Gebrauch unverwüstlichste Freund Ihres Vaters. Diese fünf Stunden mit ihm, die werde ich mein Leben nicht vergessen. Sie werden sagen, das dauert ohnehin nicht mehr lange, selbst wenn es noch dreizehn Wochen sind ... Mehr als sechzig Jahre waren vergangen, seit ich ihm zum ersten Mal begegnet war. Aber seither hatte ich ihn nie aus den Augen verloren; doch erst da, in jener letzten Nacht, da fiel es mir wie Schuppen von den Augen, und ich erkannte, daß Gerlan Ferdinand vielleicht ein begabter Arzt, doch nur mittelmäßig intelligent und daß er nie, niemals klug gewesen ist.«

»So hatten Sie Ihr Leben lang einen Dummkopf gehaßt?« fragte Gerlan.

»Ihr Vater war kein Dummkopf; er war ein Intellektueller, das heißt: er hatte einen gewissen Geschmack für Ideen, aber ihm ging die Fähigkeit ab, die realen Größenverhältnisse zwischen Dingen, Ereignissen und Menschen richtig einzuschätzen. Ich saß da und wartete darauf, daß er es mir ins Gesicht schmiß: Was willst du eigentlich von mir? Was verfolgst du mich seit bald vier Jahrzehnten mit deinem Haß? Aber nein, wissen Sie, wen er da fortgesetzt anklagte? Passen Sie gut auf: Sie klagte er an, jawohl Sie, seinen Sohn, jawohl Sie!«

Er schlürfte immer lauter, bis endlich das Gelächter aus ihm hervorbrach, das sein Gesicht und seine

Gliedmaßen verkrampfte, indes der Mund weit offen blieb, die Lippen breit geschürzt.

Albert wußte, daß sein Vater ihm die letzte seiner Niederlagen nie vergeben hatte: Vergeblich hatte der Sohn versucht, den alten Gerlan vor dieser Erika Schwarzbach zu warnen, die im Auftrag der Partei den lästig gewordenen Apostel bespitzelte, mit ihm eine intime Beziehung begann, um ihn im passenden Moment zu kompromittieren, ihn hoffnungslos lächerlich zu machen . . . Was also diesen Fall betraf, so mochte der gehässige Franke recht haben: Bernhard Gerlan konnte manchmal unklug handeln und tatsächlich Größenverhältnisse störrisch verkennen. In solchem Irrtum befangen, hatte er geglaubt, daß Albert, der einzige Mensch, der noch zu ihm stand, wie ein spöttischer Feind gehandelt habe.

»Ich höre schon auf zu lachen, damit Sie nicht wieder wie ein Verrückter anfangen, ›Truffaldino‹ zu schreien«, sagte Franke. »›Nando‹, erklärte ich ihm, ›es ist spät geworden für uns beide, es ist an der Zeit‹, sage ich zu ihm, ›daß man sich endlich die Wahrheit sagt. Und die Wahrheit ist‹, sage ich und blicke ihm geradeaus in die müden Eulenaugen, ›daß ich, dein ältester Freund, daß ich dich hasse wie die Pest – und das seit langen Jahren. Ich habe gegen dich gehetzt‹, sage ich, ›ich habe mich sogar mit deinen kommunistischen Freunderln eingelassen, als du ihnen lästig wurdest, und ich war es, der die Idee ausgeheckt hat, diese intellektuelle Idiotin Schwarzbach auf dich loszulassen . . . Und ich‹, sage ich ihm, ›und ich‹, fahre ich fort und so weiter und so weiter . . . Und wissen Sie, was geschieht, Herr Psychologe? Gelacht hat er. Gelacht – bis er sich fast in die Hosen gemacht hat, dieser professionelle Märtyrer. Kein Wort hat er geglaubt von dem, was ich ihm sagte. Er wußte, daß ich im Prozeß gegen ihn aufgetreten war, aber das hatte er mir längst verziehen, auch weil er ja den Prozeß selbst gewollt hatte . . . Also, was soll ich Ihnen sagen? Er hat sich den Bauch gehalten und immer wiederholt: ›Geh, Ferdinand, mach keine albernen Späße – du mich hassen! Aber geh, red dir doch nicht solche Sachen ein. Du mußt nämlich wissen, wenn man alt wird, bildet man sich manchmal was ein . . .‹ Jetzt ist er tot. Ich war beim Begräbnis. Sie haben mich gar nicht bemerkt, na ja, ich habe mich auch nicht vorgedrängt. Ihre gute Mutter weilt auch nicht mehr in diesem Jammertal . . . Sie aber leben noch – im Sonnenglanze des Erfolges, mitten in verdächtigen Unternehmungen. Ich werde Sie daran hindern, sich am armen Dorten zu bereichern, und ich werde dafür sorgen, daß die Welt erfährt, daß Sie einen Massenmörder behandeln, als ob er ein Fall von Platzangst wäre, und daß Sie zeitweise den Mann bei sich beherbergen, der, so Gott will, diesen Mörder umbringen oder von ihm umgebracht werden wird. Ich erwarte das Ereignis, es wird rechtzeitig genug kommen, so daß ich Sie anprangern kann, Sie und Ihre ganze falsche Existenz.«

»Warum wollen Sie das tun, wozu?« fragte Gerlan sehr ruhig.

»Sobald Sie erledigt sind, kann die Affäre Ferdinand Gerlan ad acta gelegt werden, nicht vorher. Die Rechnung wird beglichen sein, wenn von Nandos und von Ihrer Karriere nichts übrig geblieben sein wird als die peinlichen Erinnerungen der Hinterbliebenen.«

»Gut. Jetzt, da Sie Ihren ganzen Text, all Ihre wohlvorbereiteten Effekte an den Mann gebracht haben, darf ich wohl endlich gehen. Ich kenne Ihre zwei Gründe plus einen. Allerdings weiß ich noch immer nicht, wo sich Dorten befindet.«

»Unterschreiben Sie die Verzichtserklärung, und Sie werden es sofort erfahren.«

»Nicht nötig, Walter wird sich bei mir melden.«

»Nein, niemals; denn er haßt Sie.«

»Sie alter Narr, Sie glauben ja auch, daß Sie mich hassen wie die Pest, und doch laufen Sie seit Monaten hinter mir her.«

»Ach nein«, erwiderte Franke, während er sich mühsam erhob, »das ist etwas ganz anderes. Für mich sind Sie nur der Held des letzten Kapitels; Sie als Person sind mir ziemlich gleichgültig. Sie wären mir vielleicht sogar sympathisch, wären Sie nicht der Erbe Ihres Vaters, Sie verstehen? Für den Dorten aber . . . so, und jetzt können Sie gehen! Es bleibt natürlich dabei, ich zahle die ganze Rechnung. Wie gewöhnlich.«

Siebentes Kapitel

Das Boot schlingerte immer heftiger.

»Bleiben Sie doch sitzen, verflucht noch mal, sonst kentern wir. Am Ende können Sie nicht mal schwimmen!« rief Thomas Liebmann böse aus.

»Kommt gar nicht darauf an«, antwortete die Stimme hinter ihm, »ich kann nicht ertrinken; Tote ersaufen nicht. Unter keinen Umständen.«

»Aufhören«, bettelte Thomas. »Das kann doch nicht so weitergehen. Aufhören!«

Als er erwachte, dachte er, sich schnell beruhigend, an Dr. Gerlan, dem er endlich wieder einen Traum würde »bieten« können. Diese erste Regung wich sogleich einem Unbehagen, das sich schnell steigerte, bis es in ihm eine würgende Übelkeit erzeugte. Er sprang auf, lief zum Waschbecken und ließ das Wasser laufen. »Daß es nur nicht wieder anfängt! Alles eher als das; besser sich gleich umbringen als wieder da hineingeraten.«

Er erbrach sich nicht, das Würgen ließ langsam nach, doch fehlte ihm noch der Mut, bis zum Bett zurückzugehen. Er stützte sich mit der Stirn und beiden Händen an die Wand und wartete.

Ob das mit dem grausigen Traum etwas zu tun hatte, mit dem dicken großen Mann im gekenterten Boot? fragte er sich und berichtigte sich sofort; der Kahn kenterte ja gar nicht, der Mann wollte ihn nur umkippen, doch kam er nicht dazu. Liebmann warf sich vor, daß er nun auch schon dazu neigte, sich blöd zu machen mit Träumen, mit psychologischem Gewäsch. Worauf kam es an? Irgendwie zu einer größeren Geldsumme zu kommen, nach Südamerika auszuwandern, dort unter einem neuen Namen ein ganz neues Leben anzufangen – und zwar weder als Deutscher noch als Jude –, Europa zu vergessen, die Kindheit, das Vaterland, die Muttersprache – ja, und die Mutter und den Juden Heinrich Liebmann, der wahrscheinlich doch nicht nur der legale, sondern auch der wirkliche Vater gewesen war. Zu alledem brauchte er ein kleines Vermögen; es war aussichtslos, es vom Onkel aus Jerusalem zu erwarten. Und darauf zu warten, daß er stürbe: da könnte er lange warten, und außerdem war nicht sicher, ob überhaupt was Rechtes nachbleiben würde.

Seit vielen Wochen kehrte er immer wieder zu seinem Plan zurück, den er jedesmal als Hirngespinst abtat, doch gab es nichts, das ihn so wie dieser Tagtraum daran glauben ließ, daß er noch eine Zukunft habe: schwarz über die Grenze nach Deutschland zurück, in Bayern den Kameraden aufsuchen, mit dem zusammen er bestimmte wertvolle Gegenstände ausgraben konnte, deren Versteck nur sie beide kannten; die zwei anderen hatten das Ende des Krieges nicht erlebt. Und fand er den Kameraden nicht – oder hatte der das Ding schon mit einem anderen gedreht, ja dann wollte Theo Laurentz auf andere Weise zu Geld kommen, es bei Leuten holen, die es sich sauwohl ergehen ließen und gerne dafür zahlen würden, daß man ihre Vergangenheit in Ruhe ließ. Hatte er dann alles beisammen, so wollte er wieder über die Grenze, aber mit einem ordentlichen Paß und mit einem neuen Namen – fort nach Südamerika, nach Argentinien oder Brasilien.

Dieses Projekt hatte Liebmann schon unzählige Male bis in die kleinsten Einzelheiten ausgearbeitet; in ihm fand er die Beruhigung, die sich ein krankes Kind von einem liebgewordenen Wiegenlied erhofft. Und dieser Tagtraum half ihm oft, der Schlaflosigkeit zu entgehen. Er gelangte zum Bett zurück, setzte sich und wartete mißtrauisch, ob die Übelkeit sich nicht doch wieder einstellen würde.

Warten. Seit dem Zusammenbruch, seit nunmehr bald sechs Jahren, tat er nichts als das. Alle anderen lebten währenddessen. Keiner dachte an ihn. Die ehemaligen Kameraden, die mochten am Anfang auch gewartet haben, dann war jeder von ihnen wieder aufgebrochen. Die hatten Familie, Eltern, Onkel, Tanten oder verheiratete Schwestern, bei denen man erst mal unterschlüpfen konnte, um dann neu anzufangen. Nur bei ihm, Theo, war alles verquer. Dieser jüdische Onkel zweifelte keine Sekunde daran, daß er sein Neffe sei, also väterlicherseits ein Jude. War dem so, so wurde das Ganze nur noch unentwirrbarer. Es kam zwar, selten genug, vor, daß er an jene Jahre dachte, an seine »Dienstzeit im Osten«, doch brachte ihm die Erinnerung niemals Einzelheiten nahe. In Wahrheit war alles sehr schnell verblaßt. Was das Gedächtnis treu bewahrte, das waren die Schatten friedlicher Erlebnisse: ein langer Spazierritt am frühen Morgen im Sand des Strandes von Riga; die Begegnung mit einer jungen Bäuerin in einem winzigen Dorf, das am Rande eines riesigen Buchenwaldes lag; die Frühsommertage, die er im Herrenhaus eines polnischen Adelsgutes verbracht hatte; der Spätnachmittag an der Düna, der ihm mit Angeln verging. Er ganz allein, rund um ihn nicht die geringste Regung, von nirgendher eine Stimme; der Fluß war zu einem unermeßlichen Spiegel geworden, auf dem Wölkchen ausruhten, ehe sie weitersegelten.

Im Caféhaus, vor den Spielautomaten, wenn er am Verlieren war, fühlte er sich manchmal verführt, den Gaffern, die ihn umstanden, ins Gesicht zu sagen, welch eine Vergangenheit er hinter sich hatte, damit es ihnen kalt über den Rücken laufe.

Tom, so hatte ihn der Vater genannt, und Tommy die Mutter. Als er im fremden Land wieder zu Thomas Liebmann wurde, war es ihm, als benutze er einen falschen Namen. Doch nun war er sich selber wieder Tommy, manchmal Tom. Es geschah nicht selten, daß sich seine Augen mit Tränen füllten; er begründete es sich damit, daß seine Mutter tot war und er sie nie mehr sehen würde. Doch mehr als mit ihr hatte er Mitleid mit sich, der nun ganz allein zurückgeblieben war.

»Judenmörder«. Er war es nicht gewesen, sagte er sich, jedenfalls nicht im eigentlichen Sinne des Wortes – nein, da hatte er sich nichts vorzuwerfen. Im Gegenteil, einmal oder vielleicht auch zweimal hatte er Juden aus den Gruppen geholt, die im Schnellverfahren beseitigt werden sollten. Gewiß, er hatte an Aktionen teilgenommen; vielleicht hatte er da auch bei Gelegenheit einen Gurt aus dem Maschinengewehr verschossen, aber das war schon am Ende der Affäre, die meisten waren bereits in die Gruben gesunken, nur wenige von den nackten Körpern hielten sich noch aufrecht. Weiß Gott, es kam nicht gerade auf ihn an; es gab genug Reflektanten, die auch mal eine Runde feuern wollten, und zwar nicht nur unter den Kameraden; da waren ja noch die Burschen von der Miliz, die darauf brannten, wenigstens ein paar von den einheimischen Juden selbst zu liquidieren.

»Mörder«. Das ist schnell gesagt. Auf einmal, meinte er, waren alle engelrein, alle außer jenen, die treu bis zum Ende an der Stange geblieben waren. Und was wußte so ein Doktor Gerlan schon? Der vergaß zu leicht, daß Krieg Krieg ist. Wo getötet wird, wird auch gestorben – das ist nun mal der Unterschied gegenüber dem Frieden.

Wäre ich Jude gewesen, so hätte ich natürlich den Führer gehaßt, dann wäre es logisch gewesen, wenn mich die Nationalsozialisten umgebracht hätten. Auch das begreift der Dr. Gerlan nicht.

Es ist falscher Alarm gewesen, erkannte Liebmann, die Übelkeit kommt nie mehr wieder. Er zog sich schnell an und ging in das kleine Café, wo er gewöhnlich sein Frühstück nahm. Man kannte ihn dort als Herrn Thomas, den Neffen eines Hamburger Senators, der sich hier nur vorübergehend aufhalte – zur Behandlung einer seltenen Krankheit, der Folge einer schweren Verletzung, die er knapp vor Torschluß, bei der Verteidigung Breslaus, erlitten habe.

»Ich habe mir lange den Kopf zerbrochen, und diesmal glaube ich zu wissen, wer das ist, der Unbekannte in meinem Traum. Der Mann, der das Boot zum Schlingern bringt, sozusagen der Tote, das ist mein Vater Heinrich Liebmann. Der war auch so groß und schwer gewesen«, erklärte Thomas.

»Möglich«, gab Gerlan nach einer Weile zu. »Aber warum will er das Boot zum Kentern bringen? Übrigens: Können Sie schwimmen?«

»Ja, doch nicht ausdauernd, mein Vater hingegen schwamm ausdauernd, aber ungelenk, so eine Mischung von Hund und Ente ... Ich denke mir, der Traum hat etwas mit der Vergangenheit zu tun. In einem gewissen Sinne sind ja die beiden, meine Mutter und mein Vater, als Opfer der Nationalsozialisten gestorben, auch wenn sie Selbstmord begangen haben. Und andererseits ich – nun ja, Sie wissen, was ich sagen will.«

»Sprechen Sie, ich höre zu«, sagte Gerlan. Der Patient zögerte, ehe er zuerst von irgendeiner lustigen nächtlichen Ruderpartie in seiner Heimatstadt erzählte; dann kam er, ohne sichtbaren Übergang, auf den Mann zu sprechen, den er als seinen arischen Vater angesehen hatte, einen Marineoffizier, der seiner Mutter tatsächlich viele Jahre lang den

Hof gemacht hatte. Thomas hatte ihn einmal gesehen, ehe ihm beigebracht wurde, daß er sein wahrer Vater sei. Dann sprach Liebmann von einem Mädchen, das ihn geliebt hatte, unglücklich geliebt; denn er hatte gerade damals ein Verhältnis mit der Frau eines Kameraden. Dann erwähnte er Marlies. »Die ist die einzige, die es sich verdient hat, daß ich sie heirate – wenn ich sie eines Tages wiedertreffe und wenn sie dann noch frei ist.«

»Warum?« fragte Gerlan.

»Weil sie mir nie Fragen gestellt hat, sie hat mir nie etwas vorgeworfen.«

Des Patienten Bedürfnis, von jener Marlies zu sprechen, war offenbar überwältigend. Zum ersten Mal, seit er in Behandlung war, fand er sich machtlos gegenüber dem Ansturm der Worte, die aus ihm hinausdrängten. Er mußte sprechen, immer wieder ihren Namen über die Lippen bringen; doch wollte er zugleich etwas zurückhalten, das sich auf die Zeit bezog, in der er den Kellerverschlag und das Bett mit ihr geteilt hatte. Als sein wirrer Redestrom endlich versiegt war, fragte der Arzt:

»Wie erklären Sie sich, daß Sie eine Frau in den Himmel heben, weil sie Ihnen nie Fragen gestellt hat? Ist es nicht umgekehrt ein Zeichen, daß jemand uns mag, wenn er immer wieder Fragen stellt, die uns selbst betreffen?«

»Aber ich mag's eben nicht«, erwiderte Liebmann heftig.

»Und früher, ehe Sie Ihren Vater verleugneten, verabscheuten Sie auch damals schon die Fragen, wie sie die Liebe oder die Freundschaft eingeben?«

»Ich habe niemanden verleugnet. Meine Mutter war arisch, ihr einziger Bruder war SS-Mann, ihre Vettern waren fast alle in der Bewegung. Mein Onkel bestand darauf, ich solle es von meiner Mutter erreichen, daß sie eidesstattlich erkläre, daß sie mich vom Korvettenkapitän Joachim Laurentz und nicht vom Juden hätte. Ich glaubte es zuerst nicht, dann, umgekehrt, absolut, und erst hier habe ich begonnen, an mir Ähnlichkeiten mit Heinrich Liebmann und sogar mit seinem Bruder, dem Jerusalemer Onkel, zu entdecken. Doch damals verleugnete ich ihn ebensowenig, wie Sie sagen könnten, daß ich Sie verleugne, weil ich Sie nicht als meinen Vater ansehe.«

»Und in Ihren Nazijahren – erzählten Sie da irgend jemandem, daß Sie die ersten Jahre Ihres Lebens als der Sohn eines Juden und in dessen Haus gelebt haben?«

»Nein. Warum auch?«

»So verleugneten Sie also einen Teil, einen besonders wichtigen Teil Ihrer Vergangenheit – und zugleich Ihre Mutter und Heinrich Liebmann.«

»Das sehe ich nicht ein«, erwiderte Liebmann erregt, »das ist so ein talmudischer Dreh. Ach, Verzeihung, das ist es gar nicht, was ich sagen wollte, um so mehr, als Sie selbst ja gar kein Jude sind.«

Albert, der das Gesicht vom Patienten abgewandt hatte, dachte: Dieser Mann ist noch immer erbärmlich verworren. Und er hat nicht viel Substanz, fast gar kein Eigengewicht. Nur unentwegte Bemühungen hätten aus ihm nach vielen Jahren etwas Rechtes machen können. Seine Eltern hätten das vielleicht zustande gebracht.

Der Patient unterbrach das Schweigen: »Alles ist verquer mit mir. Der Fehler, aber nicht meine Schuld, das war die Mischehe. Ich habe gelesen, die gläubigen Juden sind dagegen, wie ja auch der Führer dagegen war. Ich bin ein Mischling und gehöre nirgends hin; daher rede ich von den Juden wie ein Arier.«

»Nein, wie ein Nazi«, warf Gerlan ein.

»Nun ja, ich war ein Nazi, und ich schäme mich dessen nicht, auch wenn es ein Irrtum gewesen sein sollte. Und andererseits, wenn ich an das Schicksal meiner Mutter und meines Vaters denke oder auch nur an die Vertreibung meines Onkels, der ohne die Nazis nie nach Jerusalem gemußt hätte – wenn ich an all das denke, dann muß ich die Deutschen eigentlich hassen, das heißt: mein eigenes Volk.«

Gerlan sagte: »Fast jeder Traum ist mehrschichtig. In jedem verknüpfen sich verschiedene Stufen der Vergangenheit, über die die Zeit zum flüchtigen Zustand fortschreitet, den wir *Gegenwart* nennen. So könnte der geträumte Mann mehr als nur eine Gestalt aus Ihrer Vergangenheit sein. Der Tote, der das Boot zum Kentern bringen will, ist auf einer Stufe Ihr verstorbener Vater; auf einer anderen Stufe könnte es jemand sein, der Sie einmal bedroht hat und vor dem Sie auch jetzt noch Angst haben, obwohl er verschwunden, sozusagen für Sie tot und doch nicht wirklich tot ist.«

»Ist das Ihre Deutung? Das wundert mich aber mächtig. Ich las da vor kurzem, als ich noch beim Antiquar arbeitete, ein Buch über moderne Traumdeutung, da lautete es ganz anders. Da stand nämlich, daß es sich immer um Libido handelt und um Verdrängung und um Todeswünsche. Ich könnte mir vorstellen, daß in dem Traum mein damaliger Ödipuskomplex zutage tritt, daß es sich also um meinen Vater handelt, dessen Tod ich unbewußt gewünscht haben könnte, um . . .«

»Ja, wissen Sie, Herr Liebmann, bei Lichte besehen bin ich schon lange kein moderner Psychologe mehr, sondern nur noch ein aufmerksamer Zuhörer, dem es manchmal gelingt, gleichzeitig dem Patienten zuzuhören und in sich selbst hineinzulauschen . . .«

»Das sollte aber mein Onkel Liebmann wissen. Er ist selbst Professor . . .«

»Er weiß es bestimmt, junger Mann, er weiß es. Sehen Sie, viele meiner Kollegen hätten, noch ehe Sie zum ersten Mal den Mund aufmachten, herausgehabt, daß Sie Ihren Vater töten wollten. Mir hingegen fällt auf, erstens, daß Sie ihn am dringlichsten zu töten wünschten, als Sie überzeugt waren, daß Heinrich Liebmann gar nicht Ihr Vater war; zweitens, daß Sie indirekt ihn und direkt seinesgleichen nicht etwa im Traum, sondern in Wirklichkeit ausgerottet haben . . . Kommen wir zu unserer Bootsgeschichte zurück: Nicht Ihr Vater bedrohte Sie tödlich, der große, schwere Mann war ein anderer – wer?«

»Ja, beim besten Willen, ich kann mich nicht entsinnen.«

»Jemand hatte Sie bedroht, während Sie ganz allein mit ihm waren – etwa wie mit mir – und wo ein Hilferuf niemandes Ohr erreicht hätte.«

»Ich kann mich nicht erinnern.«

»Und Ihre Teilnahme an der Vernichtung schuldloser Menschen ...«

»Es war Krieg«, unterbrach ihn Liebmann.

»... schuldlose Menschen, die keineswegs bewaffnet waren und auch sonst außerstande, sich zu wehren, weil Sie und Ihresgleichen sie zuerst von der übrigen Welt isoliert, völlig rechtlos gemacht und ausgehungert habt. Dann erschlugt Ihr sie, Sie und Ihresgleichen – Helden des Ausrottungskommandos, die keine Angst hatten, weil Millionenarmeen auf ihrer Seite standen.«

»Es war Krieg, ich wiederhole das. Auch die Bombenangriffe der Alliierten töteten Wehrlose. Übrigens, was wollen Sie eigentlich von mir? Daß ich bedauere? Gut, ich bedauere es. Natürlich würde ich es vorziehen, so wie ich die Dinge heute sehe, daß ich nicht dabei gewesen wäre.«

»Das ist schon etwas«, sagte Gerlan mit müder Stimme, »aber was ich von Ihnen erwarte, ist ein kleines Zeichen von Mut.«

»Ja, da denke ich, das braucht's nicht. Ich habe es, weiß Gott, nicht an Mut fehlen lassen während der Kriegsjahre ...«

»Ich warte darauf, daß Sie endlich Ihren jüdischen Onkel wissen lassen, was Sie alles hinter sich haben, woran Sie teilgenommen haben, mit einem Wort: Ihre furchtbare Vergangenheit.

»Niemals«, rief Liebmann aus; entsetzt wiederholte er: »Niemals!«

»Warum nicht?«

»Er ist vom ersten Augenblick an gut zu mir gewesen, ohne den geringsten Verdacht – nein, eher will ich mich aus dem Staube machen, endgültig, ehe ich diesem Mann das antue. Um keinen Preis werde ich zulassen, daß er eine solche Enttäuschung an mir erfährt ...«

»Gewiß, aber wer Sie sind, die Wahrheit über Theo Laurentz, die hat mir nicht Thomas Liebmann erzählt, die kenne ich durch einen anderen. Ich wäre also nicht zum Schweigen verpflichtet ...«

Der Patient sprang auf, wütend schlug er auf den Tisch: »Jetzt habe ich genug von Ihnen und Ihrer jesuitischen Schleicherei. Und Sie haben mich anzuschauen, wenn ich mit Ihnen spreche. Verstanden? Wenn ich zum Äußersten getrieben werde, das sollen Sie wissen: Der erste, mit dem ich abrechne, das sind Sie.«

»Aber Herr Doktor, Sie haben ja schon wieder fünf Minuten Verspätung. Hat denn die Uhr nicht geklingelt?« Das war Frau Behrens, die berechtigt war, ohne weiteres einzugreifen, wenn ihre »Stundentabelle« in Gefahr geriet.

»Sie kommen gerade richtig, Frau Behrens. Dieser junge Mann bedroht mich. Bleiben Sie bitte hier, bis ich ihn entlasse. Und Sie, Laurentz, hören Sie gut zu; ich werde jetzt in diesen Apparat den Text des Briefes diktieren, den ich Ihrem Onkel schicke:

Sehr geehrter Herr Professor und Kollege, heute breche ich die Behandlung Thomas Liebmanns ab, da ich mir von ihrer Fortsetzung leider nicht den geringsten Erfolg verspreche. Die Jahre, die Ihr Neffe in Hitlerdeutschland und – während des Krieges – in den von den deutschen Truppen besetzten Ländern verbracht hat, haben seinem Leben eine Richtung gegeben, die in mehr als einer Hinsicht verhängnisvoll war. Ihn von den Folgen dieser Taten und Erlebnisse zu befreien, ist mir in keiner Weise gelungen. Ich brauche nicht zu sagen, wie sehr ich das, auch im Hinblick auf Sie, bedauere.

Laurentz, gehen Sie jetzt. Ich weiß, auch Sie sind ein Opfer. Vielleicht könnte ein Heiliger Sie retten; ich bin nichts als ein recht müder, grenzenlos skeptischer Psychologe, der, während er Sie ansieht, manchmal vergißt, daß Sie wegen bestimmter Leiden zu ihm gekommen sind, und sich nicht selten fragt, warum er Sie nicht mit Fußtritten verjagt. Gehen Sie.«

Nun ging das Jahr zu Ende, ein böses, verwirrendes Jahr, das ihm bewiesen hatte, daß er viel schwächer war, als er stets gemeint hatte. Und weniger scharfsichtig und kein so guter Therapeut und kein so verläßlicher Freund und kein besonders guter Vater, kein . . . kein . . .

Ja, so war es. Doch der Himmel über seinem Kopf hing voller Gnade zu dieser Stunde; Elisabeth war nun wahrscheinlich gerettet; Hella wußte endlich genau, was sie wollte, und tat es auch ohne Verzug. Sie heiratete nicht ihren Bräutigam Röbby, sondern einen anderen jungen Mann, der ihm recht ähnlich sah und, wie er, begütert war. Sie habe, sagte sie, Röbby unendlich gerne, aber wirklich lieben – ? Sie liebe nur Gustav.

Blieb, daß Maria ihren Vater nicht so liebte wie früher. Nun ja, das war schmerzlich, aber nicht anders zu erwarten. »Erwarteter Schmerz ist halber Schmerz«, rief er recht laut zu den beiden Schwänen hinüber, die sich vor einer winzigen Brücke so in Positur setzten, als hätten sie einen Fotografen vor sich.

Das wird der verrückte Franke noch heute abend erfahren; der Schnüffler in seinem Dienst muß einige Schritte hinter mir stehen, dachte Albert. Auch diese Möglichkeit stimmte ihn heiter. Er drehte sich unversehens um: ja, da stand ein Mann und glotzte auf die Tafel mit den Verboten.

»Schade, wir werden also die Schwäne nicht überfüttern; denn es ist strengstens verboten.«

»Wie bitte«, fragte der Fremde bestürzt, »wie bitte? Ach so, die Schwäne? Ja ja, die Schwäne . . .«

Kein Zweifel, der Mann war schwerhörig, somit ganz gewiß nicht Frankes Späher. Albert war enttäuscht, beschämt. Er grüßte und ging schnell weiter. Ihm war zumute, als müßte er Angst haben vor dem Abend, der bald hereinbrechen würde. Angst wovor? Vor dem Alleinsein so gut wie vor dem Zusammensein mit anderen. Er hatte ausnahmsweise Geld bei sich; er wollte in den Klub. Gewiß würde er seine Partner, die er nach Giladis Auftauchen vernachlässigt hatte, unverändert wiederfinden.

Daß er in der Behandlung Thomas Liebmanns so völlig versagt hatte, so daß er schließlich nur noch ein gehässiger Feind seines Patienten zu werden drohte, war eine dieser Einsichten, über die ihn das Spiel einige Stunden hinwegtäuschen sollte. Auch Giladi zeigte sich immer seltener; die ganze Angelegenheit drohte wieder in ein Dunkel zurückzugleiten, darin sie aufs neue gefährlich werden konnte. Und wenn etwas passierte, so würde Franke natürlich dafür sorgen, daß es zum öffentlichen Skandal komme.

Der böse Alte ahnte nicht, wie gleichgültig Gerlan seine Drohung war. Wirklich quälend war nur die Ungewißheit, die Walters Schicksal betraf. Nun waren schon fünf Wochen seit der Eröffnung der Ausstellung vergangen. Wo immer Dorten sich aufhielt, er mußte inzwischen erfahren haben, daß er endlich »entdeckt« war und als Sieger heimkehren konnte. Doch Albert blieb ohne das leiseste Zeichen vom verschollenen Freund. War er also tot – und dies die Erklärung, warum der alte Advokat auf Gerlans Verzichterklärung drängte? Doch Franke brauchte das Dokument gar nicht; Walters Mutter war unanfechtbar die Erbin; denn es gab ganz gewiß kein Testament. Also? Also glaubte auch Franke, daß der Vermißte noch am Leben war. Wozu dann aber das Schriftstück? Hier drängte sich eine beunruhigende Vermutung auf: Walter befand sich vielleicht in einem Geisteszustand, in dem er äußeren Vorgängen völlig verschlossen blieb. Also geisteskrank? Ja, meinte Harms, der die Vermutung aussprach, der Maler sei unter einem falschen Namen, jedenfalls unerkannt, irgendwo in einer Heilanstalt. Davon nun hätte Franke auf irgendeine Weise Wind bekommen, daher sein scheinbar widerspruchsvolles Verhalten. Und Frankes Behauptung, daß Dorten den alten Freund hasse? Nun ja, es konnte sein, daß der arme Kranke mit psychotischem Haß gerade von jenem Menschen sprach, dem er am meisten zu Dank verpflichtet war. Das brauche man einem Mann wie Gerlan ja nicht zu erklären, schloß Harms selbstzufrieden.

Albert verließ den Park und stieß auf den Strom der Vorortbewohner, die nach getaner Arbeit zu den Zügen eilten. In den letzten Monaten fallen mir vor allem die Menschen auf, die auf dem Weg nach Hause sind, dachte er, vielleicht weil ich gewöhnlich erst am Ende des Arbeitstages draußen bin; einfache, einleuchtende Erklärung. Doch warum bin ich gereizt darüber, verärgert, daß die Menschen heim wollen? Warum ist mir ihre Eile zuwider?

Nun war es fast Abend. Der Himmel war nicht mehr blau; ein kalter Wind hatte sich erhoben. Albert, der in eine stille, armselige, kopfsteingepflasterte Straße geraten war, erblickte entfernt das fast unleserliche Schild einer Kneipe. Er trat ein und stellte sich, weil die wenigen Tische besetzt waren, an die Theke. Wie der Mann vor ihm verlangte er einen Doppelten, ohne ganz genau zu wissen, was das sein könnte; hinter ihm bestellte ein anderer Gast das gleiche. Erstaunt wandte sich Gerlan um.

»Ja gewiß«, sagte der unansehnliche Mann, »ich komme Ihnen bekannt vor. Um kein Geheimnis daraus zu machen: ich und mein Kollege, wir folgen Ihnen abwechselnd. Und da möchte ich mir erlauben, eine Bitte auszusprechen, wenn Sie gestatten, Herr Doktor!«

»Nur zu, aber flüstern Sie nicht. Hier interessiert sich kein Mensch für uns«, antwortete Gerlan.

»Das glaubt man nur immer so, da könnte ich was erzählen. Also bitte, Herr Doktor, da es gerade vor den Festtagen ist – mit einem Wort, ich müßte mit meiner Frau einkaufen gehen, und da möchte ich Sie ersuchen, wenn Sie mir genau angeben könnten, wo Sie bis morgen früh sein werden, ich meine die Stunden und Adressen, und sollten Sie nicht daheim zu Abend essen, sondern auswärts, dann müßte ich auch wissen, mit welcher Person; das gehört in den Bericht. Sie verstehen doch, nicht wahr?«

»Nehmen Sie ruhig noch einen Doppelten, Herr Inspektor, es ist ein guter Schnaps. Schauen Sie sich das Foto an. Kennen Sie den Mann?« fragte Gerlan und zeigte Walters Bild.

»Das könnte schon sein, das heißt, ich kenne die

Person nicht, aber mein Kollege Bille, der dürfte wissen, um wen es sich handelt; denn wie er das Gesicht in der Zeitung gesehen hat, da hat er ausgerufen: ›Ja, da soll doch der Deibel! Nicht zu glauben, wen sie heute alles in die Zeitung bringen.‹«

Nach einigem Zögern entschloß sich der Mann, die Anschrift seines Kollegen zu verraten. Dafür schrieb ihm Gerlan die Adresse des Restaurants auf, in dem er essen wollte, und die Straße und Hausnummer des Klubs, wo er den Abend zu verbringen gedachte.

»Hoffenlich langweilt es Sie nicht zu sehr, mich zu beobachten, Herr Inspektor.«

Der Mann, dem es sichtlich wohltat, als Inspektor angesprochen zu werden, war mitteilsam, aber er hatte keine Zeit; seine Frau erwartete ihn in einem Geschäft, das bereits in einer halben Stunde schließen sollte.

Harms kam sehr spät, die Partie war längst abgebrochen. Albert erwartete ihn im selben Vorzimmer, in dem Maria während der Sommernächte auf ihren Vater gewartet hatte.

Der Advokat war sehr aufgeräumt, obschon er vorderhand nichts ausgerichtet hatte. Dieser Bille schien irgend etwas zu wissen, was Dorten betraf; doch war er damit nicht herausgerückt. Er stand schon seit Jahren im Dienst Frankes, der ihn als Bote benutzte, zum Inkasso, manchmal auch als Chauffeur und daneben für Aufgaben, die Bille mit fachlicher Erfahrung bewältigen konnte, da er mehrere Jahre der Kriminalpolizei angehört hatte.

Abschließend meinte Harms: »Entweder ruft mich mein Kollege Franke morgen an und spottet über meinen Versuch, ihm seinen getreuen Diener abspenstig zu machen – in diesem Fall ist von Bille nichts zu erwarten –, oder der Mann hat seinen Brotgeber nicht informiert; dann ist es nur noch eine Geldfrage. Wir werden sehen, ich habe ihn für morgen abend sieben Uhr in mein Büro bestellt. Sie müssen auch kommen.«

Albert schlief diese Nacht in dem kleinen Schlafzimmer hinter dem Ordinationsraum. Erst als er im Bett war, las er die »Personalinformation«, die ihm Harms zugesteckt hatte. Sie enthielt außer den Angaben über Geburtsort, Jugendjahre und Studiengang des Rechtsanwalts *Franke, Berthold Ferdinand* folgende Zeilen:

Frankes Ruf ist in manchen Kreisen nicht gut, in anderen, besser informierten, hat man jedoch eine hohe Meinung von seinen Fähigkeiten und von der absoluten Ehrlichkeit, die er insbesondere als Verwalter zahlloser Vermögen ständig gewahrt hat. Es heißt, daß F. aus unerfindlichen Gründen sich selbst in ein falsches Licht setzt, besonders um als gefühlloser Mensch und Geizhals zu gelten.

Er lebt tatsächlich sehr bescheiden, bewohnt die ärmlichste Wohnung in dem bescheidensten seiner

Mietshäuser, gibt aber jährlich große Summen aus, um notleidenden Menschen zu helfen, besonders um ihnen die Beendigung des Studiums zu ermöglichen, oder um jungen Paaren, sofern sie Kinder haben, die Gründung einer Existenz zu sichern.

Es gehen Gerüchte um, daß F., der im übrigen Rechtsberater des Episkopats und mehrerer kirchlicher Institutionen ist, die Absicht hat, sich in ein Kloster zurückzuziehen.

F. klagt immer über schwere Krankheiten und hat es gern, bemitleidet zu werden; aber man glaubt, daß ihm ein hohes Alter beschieden sein dürfte.

Während er das Licht ausdrehte und sich im Bett die bequemste Lage aussuchte, dachte sich Albert belustigt den Text aus, den das Informationsbüro über ihn selbst liefern würde. Dann erinnerte er sich an die Begegnung mit Franke vor dem alten Kamin im gespenstischen Kastell. In acht, zehn oder dreizehn Wochen werde er sterben, hatte Franke behauptet und mich damit entwaffnet, sagte sich Albert; er warf es sich vor, dem schlauen Alten geglaubt zu haben. Aber vielleicht hatte der Autor dieser »Personalinformation« unrecht? Übrigens unwichtig, entschied Albert. Erheblich war nur, daß es dem Mann gelungen war, im Sohn neue Zweifel am Vater zu wecken und alte Zweifel aufs neue zu begründen. Er hatte den Toten mit schwarzen Lattenzäunen umgeben. Warum schwarze Zäune? fragte sich Albert. Nach einigem Grübeln entsann er sich, daß er in eben diesem Bett von diesen Zäunen geträumt hatte. Ich werde sterben, ohne diesen Traum gedeutet zu haben, dachte er gleichgültig. Ganz egal, zahllos sind die Fragmente, die man hinter sich zurückläßt. Auf eins mehr oder weniger kommt es nicht an.

Achtes Kapitel

Bille, ein kleiner, zarter Mann, der jedem, der zu ihm sprach, ins Gesicht sah, doch wenn er antworten sollte, unverwandt seinen Achatring anstarrte – Bille erklärte, er sei »sozusagen der Ordnung halber« gekommen, um zu sagen, daß er nicht kommen könne, da er ja eigentlich keinerlei Mitteilungen zu machen habe.

Harms behandelte ihn überaus freundlich, nötigte ihm ein Glas Cognac auf und eine Zigarre. Er bedauere es natürlich sehr, versicherte der Anwalt, gleichzeitig verstünde er ihn recht gut. So wolle man eben gesellig einige Minuten zusammen bleiben, schloß er und stellte Gerlan vor.

Nach dem dritten Glas meinte Bille, nichts sei wirklich einfach. Daß er nichts von Dortens Aufenthalt wisse, sei ebenso falsch, wie es ein Irrtum wäre zu behaupten, daß er es ganz genau wüßte; denn ununterbrochen gebe es Änderungen, und das sei eben das Leben, und daran könne man nicht das Geringste ändern. Eigentlich solle er nicht trinken. Wenn er das Trinken vertrüge, so wäre er heute Polizeikommissar, wenn nicht noch was Höheres, und wäre nicht darauf angewiesen, mancherlei zu tun, was ihm – nebenbei gesagt – der Herr Dr. Gerlan verzeihen möchte. Nun sei es aber schon egal, er könne sich ebenso gut noch einen Cognac gestatten ... Und was also die in Angelegenheit stehende Frage, respektive die in Frage stehende Angelegenheit betreffe: da gebe es erst einmal seinen alten Regimentskameraden, der jetzt Nachtwächter sei, der könne das wissen, der Berger Nikolaus, und noch eine Witwe, die seine und doch eigentlich nicht die seine. Das verhalte sich nämlich so ...

Frau Molin war gerade dabei, ihrem Kostgänger die Suppe aufzutischen, als Gerlan an die Glastür klopfte. Sie rief »Herein«, ohne sich umzusehen.

»Ob Sie mich noch kennen, Frau Molin?« fragte er.

»Gewiß«, antwortete sie kühl, »ich gehöre nicht zu den Leuten, die sich an einen nur erinnern, wenn sie einen brauchen, und sonst ist man Luft für sie. Ich sage das wegen der Ausstellung und wegen des Artikels in der Wochenzeitung, das haben natürlich alles Sie gemacht. Keine Einladung – und in dem langen Artikel nicht ein Wort über mich, nicht einmal wegen Kasis Bild.«

»Das alles werde ich Ihnen erklären, Frau Molin, wenn Sie mir erlauben, mich zu setzen, und wenn Sie mich vielleicht dem Herrn, Herrn ... Berger, wenn ich nicht irre, vorstellen würden.«

»Wenigstens haben Sie ein Gedächtnis für das, was man Ihnen erzählt«, meinte die Frau, milder gestimmt. »Also ich bin so frei, die Herren vorzustellen: Herr Gerlan, ein ehemaliger Freund und Gönner vom Maler – und Herr Berger, Beamter der Allgemeinen Wach- und Schließgesellschaft. Sie brauchen nicht jedes Wort, was der Berger sagt, auf die Waagschale zu legen, er kann nämlich seine Späße nicht lassen.«

»Um Sie nicht lange aufzuhalten, werde ich Sie einfach bitten, mir Herrn Dortens gegenwärtige Adresse mitzuteilen«, sagte Gerlan.

»Ja, wenn das so einfach wäre, brauchten Sie sich doch zum Beispiel nur an das Adressenbüro im Polizeipräsidium zu wenden – ich meine, wenn der Herr Maler hier in der Stadt wäre«, antwortete Berger, sich oft unterbrechend, um geräuschvoll auf den Löffel zu blasen, bevor er ihn an den Mund führte.

»In diesem Fall darf ich Sie beide bitten, mir der Reihe nach alles zu erzählen, was Sie von Herrn Dorten wissen. Am besten, Sie beginnen mit dem Tag, nach dem ich hier vorbeigekommen bin.«

»Also verpflichtet sind wir zu nix«, erwiderte der Nachtwächter nach einer Pause, während der er seinen Teller auslöffelte. »Zu nix«, wiederholte er. Die Frau nickte zustimmend.

Gerlan stand auf, stellte sich neben Berger und sagte mit einer bösen, verkrampften Stimme: »Frau Molin, das werden Sie besser wissen als ich: Ist der Anzug, den der Beamte der Allgemeinen Wach- und Schließgesellschaft trägt, einer von den beiden neuen Anzügen, die ich seinerzeit meinem Freunde habe machen lassen? Wissen Sie, die Anzüge, die Sie zusammen mit der guten Wäsche und dem teuren ledernen Koffer ein ganz klein bissel unterschlagen haben . . . Ich bedaure, Frau Molin, ich bin kein schlechter und kleinlicher Mensch, aber ich garantiere Ihnen, daß ein Wort von mir genügen würde, ein Wort bezüglich dieser Anzugsgeschichte, daß Ihr Freund Berger von morgen an nichts anderes mehr zu bewachen hat als Ihre Unterröcke. Ich denke, auch ein Spaßvogel müßte meine Worte recht verstanden haben.«

»Aber Herr Doktor, niemand meint ja etwas Böses«, erwiderte Frau Molin. »Es ist nur wegen der beruflichen Diskretion, und andererseits, wenn Herr Dorten gewollt hätte, Sie sollen wissen, wo er ist, dann hätte er Sie ja benachrichtigt, denn schließlich . . .«

»Das genügt«, unterbrach sie Gerlan, »erzählen Sie der Reihe nach!«

»Nicht bevor der Herr Berger mit dem Essen in aller Ruhe fertig ist. Und wenn es Ihnen nicht paßt, dann gehen Sie doch zur Polizei«, antwortete die Frau erbost. Berger griff ein, er sprach fast devot und machte seiner Freundin immer dringlichere Zeichen, dem Herrn nur ja gefällig zu sein. Zuerst sprach sie zögernd, doch bald ließ sie sich gehen und unterbrach sich nur, wenn Berger irgendetwas einfügen wollte:

»Das war also ein paar Tage, nachdem Sie vorbeigekommen sind und die Nacht da heroben zugebracht haben –, plötzlich an einem Vormittag, wie ich gerade vom Einkaufen zurückkomme, ich denke, mich trifft der Schlag, wer steht da neben der Tür, ganz in die Nische gedrückt?« So begann sie ihren Bericht. Sie glaubte, genau das Datum zu wissen, an dem Dorten wieder aufgetaucht war, und erklärte, weshalb sie sich an diesen 3. Mai so genau erinnere. Zuerst vermutete sie, er sei wegen des Koffers gekommen und wegen der anderen Sachen. Aber das war es nicht und auch nicht wegen der Wohnung, von der sie ihm übrigens sofort sagte, daß sie seit dem 1. Mai vergeben sei. Nein, er kam nur so vorbei. Es stellte sich jedoch bald heraus, daß er sehr hungrig war und daß er nichts hatte, wo er in der Nacht den Kopf hinlegen konnte; denn seine Mutter hatte ihm nicht helfen wollen, und die Schwester hatte ihn hinausgeworfen. Und er war auch nicht wie sonst: »Immer weggeschaut hat er, jedes Wort mußte man aus ihm herausziehen. Nur wenn man ihm direkt ins Gesicht geschaut hat, gleich haben sich ihm die Augen mit Tränen gefüllt. Haben Sie schon sowas gehört – ein erwachsener Mensch! Also kurz und gut . . .«

Man fand eine vorläufige Lösung: Dorten durfte im Bett des Nachtwächters schlafen, jedenfalls sechs Nächte in der Woche, und Dienstag nachts, wenn der Wächter dienstfrei hatte, konnte sich der Maler auf dem Fußboden ausstrecken – nicht so schlimm; es war ja nicht Winter.

Es ist etwas anderes, einen hin und wieder mit einem Teller Suppe zu traktieren oder ihn ständig zu verköstigen. Nachdem alles durchgesprochen war, kam man überein, Dorten solle den Leuten für einen mäßigen Preis ihre Porträts malen, besonders natürlich Kinder oder junge Paare, schließlich waren ja auch Hochzeitsfotografien nicht so billig. Gut, also Frau Molin und Herr Berger machen Reklame in der Nachbarschaft, und es läßt sich ganz gut an. Man findet manchen, der möchte sein Porträt in Ölfarben haben – oder das von seiner Frau, weil sie jünger ist und sehr stattlich. Und dann auf einmal war sogar was Großes in Aussicht – eine Hochzeit, wo der Dorten nicht nur die Brautleute, sondern auch die Elternpaare hätte malen sollen – alle vereinigt beim Festmahl. »Ja, aber mit dem vierten Bild, das war von der Braut vom Oberkellner vom Lokal, wo der Berger jeden Dienstag kegelt – da ist also das Malheur passiert. Nämlich die Nase war zu lang geraten ... Kommt also der Dorten hinauf, und die Mutter von dem Fräulein macht ihm Vorwürfe wegen der Nase. Und das Stück ist so blöd, daß sie ihm noch ein Messer reicht, er soll a Stückl herunterkratzen. Und da plötzlich, hast du nicht gesehen, da nimmt er das Messer und stößt es wild hinein in die Leinwand und noch und noch und zerfetzt das Bild, daß nur noch Stückl bleiben. Dem Oberkellner seine Braut und ihre Mutter haben ihn natürlich hinausgeworfen. In der Nacht drauf ist er nicht schlafen gekommen, er war schon wieder verschwunden.

Ein paar Tage drauf hat ihn die Polizei aufgegabelt, da muß er aber in einem schrecklichen Zustand gewesen sein; denn die haben geglaubt, daß er verrückt ist. Man hat ihn also zur Beobachtung gebracht wegen seines Geisteszustandes, wie man das so nennt. Dort ist ihm nichts recht gewesen, jeden

Augenblick ist er wütend geworden, man hat ihn bändigen müssen. Ganz sanft ist man natürlich nicht mit ihm umgegangen. Außerdem wußte ja niemand, wer er war. Und seinen Namen hat er dickköpfig verschwiegen.

Ich sag's ja immer, Herr Berger kann es Ihnen bestätigen: Im Leben gibt's nur Zufälle. Und so ein glücklicher Zufall wollte es, daß, wie der Berger wieder seinen freien Abend hat, da begegnet er einem Kameraden vom Militär, den hat er schon seit einer Ewigkeit nicht mehr gesehen.«

Der Nachtwächter löste Frau Molin ab. Bevor er beginne, sagte er, müsse er etwas Wichtiges sagen, was die Frau Hausbesorgerin vergessen habe: Nämlich der Herr Dorten, wie er das erste Mal zu ihnen gekommen ist, hat er sie beide schwören lassen, daß sie dem Dr. Gerlan nichts sagen dürfen; der soll nie erfahren, daß er zurück ist und wo er sich aufhält. Das nur, um zu erklären, warum Frau Molin sich nicht an den Doktor gewandt hat, nicht einmal nach dem Tobsuchtsanfall.

Ja, also das mit dem Regimentskameraden und dem Zufall, das stimmte ganz genau. Im Zivilberuf war der bei der Polizei, sogar ein großes Tier war er dort, ein Kommissar oder fast ein Kommissar. »Wie ich ihn also treffe und man erzählt sich alles und ich berichte ihm natürlich auch alles über meinen Schlafburschen, ich meine über den Maler, und wie es mit ihm geendet hat – da sagte der Bille, so heißt nämlich der Vogel, mein Kamerad, meine ich, der sagt, der Fall interessiert ihn, und zwar, weil er nicht mehr bei der Polizei ist, sondern sozusagen als Mädchen für alles bei einem sehr reichen alten Mann. Und der Vogel, der Chef von Bille meine ich, der sucht gerade solche arme Teufel . . .«

Albert mußte seine wachsende Ungeduld meistern, um diesen Humoristen zu ertragen, seine leeren Worte, die eingestreuten »meine ich«, der »Vogel«. Zu diesen Leuten hatte sich Walter geflüchtet, sich ins Bett dieses Mannes gelegt, aber vor mir versteckt er sich, dachte er bitter und widerwillig.

Mehr als eine halbe Stunde mußte Gerlan den Wortschwall des selbstgefälligen Erzählers über sich ergehen lassen, bis er endlich wußte, was geschehen war, nachdem in den ersten Tagen des Septembers Bille – und durch ihn Ferdinand Franke – über die Existenz Dortens und seine schwierige Lage informiert worden waren.

Der alte Anwalt ließt sofort Erhebungen durchführen: bei der Familie Dorten, bei seinen Kollegen, er empfing zweimal Frau Molin, ließ sich von ihr alles genau erzählen und sogar das Porträt ihres Sohnes zeigen; er kaufte durch Mittelsmänner viele der Bilder auf, die Walter im Verlauf der Jahre zu lächerlich niedrigen Preisen veräußert hatte; die Käufer, zumeist Kunsthändler, waren froh, sie endlich abstoßen zu können.

Franke beauftragte einen angesehenen Gerichtspsychiater, Walter Dorten zu untersuchen, und erreichte unschwer, daß man ihn aus der Heilanstalt entließ. Danach brachte er ihn in einem Erholungsheim unter. Dort kannte man Dorten nur als Herrn

Walter. Franke besuchte ihn und blieb zwei Tage in diesem Heim. Bald danach verließ Herr Walter auch diesen Ort. Er lebte bei einem Möbeltischler, denn er sollte das Tischlern erlernen; außerdem zeichnete er alte Möbel, die er kopierte. Das ging gut, er war zufrieden, sagte es auch selbst; er kam nämlich oft zu Frau Molin, bis dann das große Unglück geschah.

Als die ersten Notizen und Artikel in den Zeitungen erschienen, die eine Dorten-Ausstellung ankündigten, wurde er zusehends unruhiger. Als dann an allen Litfaßsäulen die Plakate auftauchten, auf denen ein Brückenbild und Thereses Porträt reproduziert waren, bekam Walter einen Angstanfall – er war wie ein Kind, das sich vor einer drohenden strengen Strafe zu verstecken sucht. Etwa eine Woche später stand er eines Nachts auf, wollte hinaus, doch fand er das Tor verschlossen und geriet in rasende Wut. Er stürmte ins Atelier und begann die Möbelstücke zu zertrümmern. Er vernichtete alles, was ihm unter die Hände kam, und bemerkte gar nicht, daß er sich dabei mit einer Hacke den Unterarm verletzte. Als der Tischler, durch den Lärm geweckt, in die Werkstatt hinunterkam, fand er ihn auf dem Boden liegend.

Einige Tage später brachte man ihn zur Witwe Foraz, der Schwägerin der Schwester Bergers, die mit einem alten Knecht eine kleine Wirtschaft mit einigen Kühen hoch oben im Gebirge betrieb. Im Winter, wenn alles völlig verschneit ist, fertigen die beiden Holzarbeiten, hauptsächlich Särge. Dorten gewöhnte sich nicht an diese Menschen, aber er riß nicht mehr aus. Seine Kammer verläßt er nie, man reicht ihm das Essen hinein, doch spricht er kein Wort. Er will das Tageslicht nicht sehen und läßt die Fensterläden fast immer geschlossen.

Frau Molin wischte sich die Tränen aus den Augen und sagte: »Manchmal denke ich mir, daß nicht einmal der Kasi, sogar wie er sich das Leben genommen hat – sogar der Kasi kann gar nicht so traurig gewesen sein, wie es der arme Dorten immerzu ist. Herr Doktor, ich bin eine einfache Frau, Sie als gebildeter Mensch, Sie müssen's ja am besten wissen, warum der arme Mann solch eine Angst hat vor Ihnen, schon bei Erwähnung Ihres Namens oder wenn er ihn gedruckt sieht in der Zeitung. Aus nichts wird nichts, das weiß ein jeder, und wenn da nicht was passiert wäre, etwas sehr Schlimmes, das Sie sich haben zuschulden kommen lassen, ja woher sollte das alles kommen, daß er möcht' bis ans Ende der Welt wegrennen, nur um nicht da zu sein, wo Sie sind. Und jetzt kommen Sie und drohen mir mit einer Sache, die gewesen ist, und verlangen, daß wir Ihnen die Adresse der verwitweten Schwester von dem Berger seinem Schwager angeben sollen. Warum?«

Berger fiel ein: »Was wahr ist, ist wahr. Herr Bille selber sagt es, und der Vogel hat es von seinem Chef, dem schlauen Anwalt, der sagt, daß der Dorten reich wäre, wenn er nur seine Bilder beisammen hätte. Aber Sie haben sie eben an sich genommen – und das ist heutzutage ein Vermögen. Also einerseits ein Koffer mit ein paar Sachen und deswegen drohen Sie – und wem? Der guten Frau Molin, die wie eine Mutter gewesen ist zum Maler – oder wie eine Schwester. Gleichzeitig aber bereichern Sie sich an dem armen Kerl, der sich lieber in eine Gletscherspalte werfen würde als Sie zu treffen. Also? Sie verlangen seine Adresse – wozu eigentlich? Das riecht nicht gut. Jedenfalls werde ich mich vorher erst einmal mit meinem Regimentskameraden beraten.«

Gerlans Bemühungen, ihnen den wahren Sachverhalt zu erklären, schlugen kläglich fehl; die beiden blieben auch taub, als er sie endlich fast unterwürfig um die Adresse bat.

Er fand Harms noch im Büro und berichtete ihm alles, was er erfahren hatte. Der Anwalt war zuversichtlich: »Das Eis bricht, alles gerät endlich in Bewegung; sehr wohl möglich, daß Bille auch im Suff nur das gesagt hat, was er sagen wollte – im Einverständnis mit Franke, dem alten Fuchs. Jedenfalls muß es gelingen, in wenigen Stunden bei der Gesellschaft, für die Berger wacht, genaue Auskunft über sein Herkommen zu erlangen. Von da führt der Weg mühelos zu seiner verheirateten Schwester und deren Mann, von diesem zur Witwe Foraz auf der Wirtschaft im Gebirge.«

Somit war Harms seiner Sache sicher. Doch hatte er es leider sehr eilig; er mußte zu einer Premiere. Ein neuer weiblicher Stern ging diesen Abend am

Himmel des Stadttheaters auf; der Anwalt wollte unbedingt dabei sein.

Albert fühlte sich, zum ersten Mal seit Jahrzehnten, völlig allein gelassen, gleichsam in den Winkel gestellt; doch traute er sich nicht, Harms seine Gegenwart aufzudrängen. Ehe er ihn verließ, rief er in der Familienpension an, in der Edi Rubin, der sich Giladi nannte, jetzt wohnte. Der wollte gerade ausgehen, doch nahm er ohne Zögern Gerlans Einladung an, mit ihm den Abend zu verbringen.

Sie blieben schweigsam während der Mahlzeit. Später, wieder im Wagen, sagte Albert: »Sprechen Sie mir heute abend nicht von sich, auch nicht von der Angelegenheit, die Sie zu mir gebracht hat. Seit mehr als zwanzig Jahren höre ich zu, wie andere von sich selber sprechen. Vielleicht bringt das nicht nur mein Beruf mit sich, sondern auch meine Eitelkeit, der Wille, in der Rolle des Helfers die eigene Überlegenheit zu bewahren, vielleicht sogar ein gewisses Machtstreben – somit viel Verdächtiges . . .«

»Nicht das wollten Sie sagen, Dr. Gerlan . . .«

»Es ist wahr, nicht das, sondern daß ich unglücklich bin und niemanden kenne, der es wünschen würde, mir zuzuhören, wenn ich klage. Daher nehme ich Sie, den Fremden, in Anspruch – wie ein wilder Stamm sich eines im tiefen Wald Verirrten bemächtigt und ihn zum Zauberer-König macht.«

»Ich bin besonders gern mit Ihnen zusammen.«

Sie verfielen wieder in Schweigen. Erst an der

vorletzten Straßenkehre, die zur Kuppe des Hügels führte, merkte Gerlan, daß er den Weg zum Kastell eingeschlagen hatte. Diesmal brauchte er nicht lange zu klingeln; der junge Portier öffnete sofort das Tor weit genug, um den Wagen einzulassen.

Im alten Kamin verglommen die letzten Holzscheite; doch wurde schnell Brennmaterial aufgestapelt und ein neues Feuer entzündet. Ein stämmiger Kellner, den Albert das letzte Mal nicht bemerkt hatte, brachte ihnen unaufgefordert zwei Kännchen mit türkischem Kaffee.

Ohne auch nur ein einziges Mal Giladi anzublikken, erzählte ihm Gerlan, was Walter Dorten zugestoßen war und was er selber getan hatte, um den Freund zu finden.

»Selbst wenn man mich aus tiefem Schlaf weckte, wäre ich imstande, ohne das geringste Schwanken Walters Angst vor mir, seine Scheu und seine Wut richtig zu deuten. Doch ist das alles völlig nutzlos, denn es rettet mich nicht vor dem Gefühl der tiefen Kränkung. Hilflos bin ich dem Unrecht ausgesetzt, das er mir antut, und ich bin nicht sicher, ob ich ihn um der Freundschaft willen wiedersehen will oder um ihm zu beweisen, daß er mir unrecht tut. Daß seine Undankbarkeit grenzenlos ist . . . Ja, so tief bin ich gesunken.«

Albert wartete nicht auf eine Erwiderung, er sprach sofort weiter. Ihm entging nicht, daß er sich oft wiederholte, genau wie es seine Patienten taten.

»Ich schulde Dorten nichts. Ich habe ihm nie etwas geschuldet; von all meinen Freunden ist er derjenige, dem ich am wenigsten, dem ich nichts verdanke; keine einzige Anregung, keine Tat, nicht einmal eine Gefälligkeit. Immer brauchte er Hilfe – immer war ich es, der sie ihm gab: Geld, Beziehungen, Ermutigung.«

Albert unterbrach sich, er schien zu lauschen. Dann sagte er: »Wenn es nicht Ihre Rolle wäre, mir schweigend zuzuhören, was würden Sie mir antworten?«

»Liebe«, sagte Giladi fast tonlos. »Sie allein gaben, ihm blieb nichts anderes übrig, als zu nehmen. Doch Sie gaben nicht aus Liebe, nicht aus Freundschaft; er war Ihr Protegé, Ihr Armer, nicht mehr.«

»Sie sprechen, wie ... wie schon einmal jemand zu mir vor diesem Kamin gesprochen hat. Mag sein, daß wir deswegen hier sitzen ... War Dorten mein Armer, so nahm er ohne Liebe. Warum sollte ich schuldig sein, ich, der gab, und nicht er, der nahm? Antworten Sie doch bitte?«

Doch Giladi schwieg. Albert erzählte Begebenheiten aus der Jugend, er erwähnte seinen Vater und dessen unglückliche, letzte, so jämmerlich mißbrauchte Liebe. Er sprach von seiner eigenen Kindheit – und wie er einmal verloren war: Er spielte Verstecken, er stellte sich hinter einen Zaun, einen schwarzen Lattenzaun, und wartete darauf, daß der Vater ihn da suchen und finden würde. Aber der Vater vergaß darauf, vielleicht handelte es sich auch um ein Mißverständnis. Das Kind wartete vergebens. Die Minuten dehnten sich beängstigend; er blieb unentdeckt. Er hätte hinter dem Zaun hervorkommen und in das Blumengärtchen zurückkehren sollen, aber er tat es nicht. Er wartete. Merkwürdig, jetzt konnte er sich keineswegs mehr besinnen, auf welche Weise diese peinigende Erwartung schließlich geendet hatte . . . Gerlan versank in tiefe Nachdenklichkeit. Alles hängt zusammen, natürlich; man muß nur die Fäden richtig zusammenspinnen.

»In einem Ihrer Bücher habe ich es gelesen«, sagte Giladi, »ich glaube im letzten, daß jeder Mensch die Macht hat, uns schuldig werden zu lassen. Sie sagen dort: ›Wer uns liebt, ohne daß wir seine Liebe erwidern können, hat die Macht, uns schuldig werden zu lassen. Das ist um so bedrohlicher, als es möglich ist, daß wir selbst dessen gar nicht gewahr werden.‹«

Albert erwiderte heftig: »Das reißen Sie aus dem Zusammenhang. Es betrifft die Psychopathologie bestimmter Neurosen. Was soll das hier?«

»Dorten hätte mit Ihnen lieber ein Stück trockenes Brot in Freundschaft geteilt; die milden Gaben, die Sie aus Ihrem Überfluß heraus an ihn vergeudeten, konnte er nicht annehmen.«

»Warten Sie doch, Sie sind parteiisch! Wir alle sind parteiisch zugunsten des Schwächeren.«

»Vielleicht. Aber diesmal sind Sie der Schwächere; denn Sie allein wollen etwas von dem Flüchtigen, während er nichts von Ihnen will. Sie laufen ihm nach, nicht er Ihnen. Und auch Sie, Sie haben Angst, ihm zu begegnen.«

»Mag sein«, sagte Albert, »wollen Sie mir helfen?«

»Gerne. Um so mehr, als eine wichtige Änderung in meinen ...«

»Berichten Sie mir nichts über sich noch über Ihre Pläne. Helfen Sie mir, Walter Dorten zu finden – das ist jetzt nur noch eine Frage von Tagen. Seien Sie bei mir, wenn ich ihm wieder begegne.«

Albert brauchte nicht auf Giladis stummes Nicken zu warten. Er zweifelte nicht an dessen Zustimmung.

Der Wirt des Gasthofs bestätigte ihren Verdacht: sein Dorf war das letzte, das man in dieser Jahreszeit bei hohem Schnee mit einem Fahrzeug erreichen konnte. Von hier ab war es nicht einmal mehr geraten, es mit einem Reittier zu versuchen. Obschon der Aufstieg mühsam war, mußte man sich zum Fußmarsch entschließen, wenn man im Winter zum Haus der Witwe Foraz wollte.

Dafür war es zu spät an diesem Nachmittag, die beiden Reisenden blieben über Nacht im Dorf. Sie zogen sich bald in die Schlafzimmer zurück, in denen man bereits die Öfen eingeheizt hatte. Sie wollten früh aufbrechen, erklärten sie, und am Abend zeitig zurückkehren, damit sie noch mit dem Wagen nach Hause fahren könnten.

»Hören Sie mich, Giladi?« fragte Gerlan, als er schon im Bett lag; die Wand, welche die Zimmer trennte, war dünn.

»Sehr gut, warum?«

»Eine Frage, die nicht dringend ist und auf eine Antwort warten kann«, erwiderte Albert. »Versuchen Sie auch jedesmal, wenn Sie in einem fremden Ort sind, herauszubekommen: Wie, wenn das meine Heimat wäre? Eine merkwürdige Bangigkeit überkommt einen dann, ähnlich der Angst von Kindern, denen man einmal beigebracht hat, sich vor Zigeunern in acht zu nehmen, von denen sie entführt und für immer von ihren Eltern getrennt werden könnten . . . Sie antworten nicht – das macht nichts. Ich wollte nur noch hinzufügen, daß ich das letzte Mal diese Bangigkeit in jener Gasse fühlte, in der Walter seine Kindheit verbracht hat.«

Als er fast schon am Einschlafen war, hörte er Giladis Stimme:

»Sie wissen natürlich, daß Kinder manchmal glauben, ihre Familie sei gar nicht die ihre und man habe sie den wirklichen Eltern entrissen und so der unverlierbaren Liebe beraubt. Sie glauben das in den Augenblicken, da sie sich eben dort entfremdet fühlen, wo sie leben, und daß da das Exil ist.«

»Was wollen Sie damit sagen?«

»Daß das Exil überall sein kann: in uns, im innersten Raum unseres Hauses. Und es kann Exil werden um uns, genau so wie es Abend wird oder Herbst. Doch der Abend vergeht und der Herbst, das Exil aber . . .«

Das war keine Straße, kaum ein verschneiter, unkenntlicher Pfad. Sie wußten, sie hatten am Rand des Fichtenwaldes zu ihrer Rechten so lange aufzusteigen, bis sie ihn hinter sich ließen. Von da an hatten sie sich weiterhin rechts zu halten und niemals Höhe abzugeben, bis sie die Reste einer Sennhütte erreichten. Waren sie da oben angelangt, so brauchten sie nur längs der Umzäunung, die sich zu ihrer Linken befinden mußte, immer weiter zu gehen. Am Ende dieses Pfades würden sie das Haus auf der Kogelalm erblicken; denn die Fensterläden, ob geschlossen oder offen, waren gut sichtbar, mitten in der weißen Welt die einzigen dunklen Flecke.

Es störte die beiden kaum, daß der Tag noch der Nacht glich, als sie aufbrachen. Es genügte, daß sie die Bäume zu ihrer Rechten genau unterscheiden konnten. Jedesmal, wenn sie einen Zweig berührten, entstand ein Treiben von Schneeflocken, begleitet von einem Geräusch, welches dem Seufzen ähnelte, das Hunde manchmal im Schlaf ausstoßen.

Keiner von beiden hatte je vorher Schneereifen an den Füßen gehabt. Es machte sie unsicher und ihre Bewegungen so schwerfällig, daß sie versuchten, ohne diesen Behelf vorwärts zu kommen. Sie sanken nach den ersten Schritten so tief in den Schnee ein, daß sie fürchteten, sich nicht aus eigenen Kräften befreien zu können. Doch als sie, mit Schneereifen versehen, wieder aufrecht standen, erfüllte sie auf einmal eine Heiterkeit, die sie lachen ließ über jeden Unfall, der ihnen noch zustieß, ehe sie die Sennhütte erreichten, und über die Ermüdung, die sich zu früh einstellte, und über die oft wiederkehrende Atemnot, die bald den einen, bald den anderen heimsuchte.

Langsam wurde es heller, doch der graue Himmel senkte sich immer tiefer herab, bis schließlich der Schneesturm einsetzte – da hatten sie aber bereits die Umzäunung erreicht. Als er aufhörte, brach unverhofft die Sonne durch, der Himmel wurde hellblau über ihren Köpfen. Sie hatten noch immer die Umzäunung, die kein Ende nehmen wollte, zu ihrer Linken. Sie rasteten, aßen etwas vom Proviant, den ihnen die Wirtin mitgegeben hatte.

Noch war vom Haus der Witwe Foraz und von den schwarzen Läden nichts zu sehen. Gestärkt zogen sie weiter. Sie glaubten, genau den Anweisungen des Wirtes zu folgen; dennoch brauchten sie viel länger, als er angegeben hatte, bis sie endlich den unteren Rand der Kogelalm erreichten. Fast genau um die Mittagsstunde klopften sie an die Tür des Häuschens, aus dessen Kamin ein dünner, hellgrauer Rauch aufstieg. Niemand antwortete, so traten sie schließlich ein. Der Raum war gleichzeitig Wohn- und Schlafzimmer, Küche und Werkstatt.

Sie warteten schweigend; immer wieder spähten sie durch die breiten niedrigen Fenster. Nichts bewegte sich draußen, nirgends das geringste Geräusch.

Nach einer Weile nahm Giladi seinen Mantel und ging hinaus. Als er zurückkam, berichtete er, der Kuhstall befinde sich gleich hinter dem Haus, das Vieh sei vor kurzem versorgt worden. Fußspuren und die Fährte eines Schlittens, die im Schnee deutlich sichtbar waren, umgingen den Stall und wiesen schließlich in die gleiche Richtung, aus der sie beide eben gekommen waren. Kein Schober in der Nähe, jedenfalls nicht in Sichtweite. Die Hälfte der ersten Etage war bewohnbar, die andere diente zweifellos als Heuboden.

Sie entdeckten hinter der Hobelbank eine von Brettern verdeckte, nicht verschließbare Tür, hinter der eine schlicht gezimmerte Leiter zur oberen Stube führte. Wortlos stiegen sie hinauf, auf jeder Sprosse sahen sie sich noch einmal um im kargen Licht des Tages, das durch die offen gelassene Tür eindrang. Vor einer alten Pferdedecke, die ihnen den Blick versperrte, machten sie endlich halt. Gerlan rief:

»Walter, Walter, ich bin's – Albert. Wenn du da bist, schlag bitte die Decke zurück!«

Keine Antwort, nichts als ein kaum wahrnehmbares Geräusch, ein flüchtiges Rascheln. Albert rief wieder, lauter als das erste Mal, dann wiederholte er sanft, ja flehend: »Antworte, Walter. Ich suche dich doch. Öffne bitte!«

Nichts. Sie standen nun auf dem winzigen Flur vor der unangenehm riechenden Decke. »Werfen wir doch mal einen Blick hinein«, sagte Albert.

»Nein, nein! Um Gottes willen, nein«, kam es hinter der Decke hervor. »Ich will nicht. Niemals!«

Gerlan schlug die Decke nur halb zurück. Die wild geschleuderte blecherne Wasserkanne hätte seine rechte Schulter gestreift, doch sein Begleiter sprang vor, so daß der Gegenstand nun die Schulter und den Armstumpf Giladis traf. Der Verwundete stieß einen gellenden Schrei aus, der unerträgliche Schmerz schloß ihm die Augen. Als er sie wieder aufschlug, sah er ein bärtiges Gesicht und verschreckte Augen vor sich. Tränen näßten Giladis Gesicht, das sich in einem unbeherrschten Gelächter verzerrte.

Der Mann sagte: »Mein Gott, was habe ich getan! Nicht Sie wollte ich treffen, nicht Sie! Mein Gott, Sie sind ja ein Krüppel.«

Albert fragte, fast schreiend: »Warum, Walter, warum nur?« und wollte sich zwischen die beiden Männer werfen. Giladi, dessen unbändiges Lachen endlich aufhörte, sagte:

»Es ist zu komisch, ich hatte ganz einfach vergessen, daß ich keinen linken Arm mehr habe. Mit ihm wollte ich den blöden Krug auffangen.«

»Armer Mann«, sagte Dorten erregt, »ich habe Ihnen sicher furchtbar weh getan, Sie weinen ja.« Er streifte den Armstumpf mit immer schnellerer Gebärde, plötzlich lehnte er sein Gesicht an Giladis Brust und wimmerte wie ein vom Schmerz aus dem Schlaf gerissenes Kind.

Albert stieg leise die Leiter hinunter.

»Man lernt sich selbst nie aus«, meinte Giladi, während er den zusammengekauerten Dorten wieder aufrichtete. »Kommen Sie, setzen wir uns auf Ihre Matratze, damit ich Ihnen erkläre . . . Als ich verwundet wurde – ein Dumdum-Geschoß riß mir zuerst ein Stück der Hand weg, gleich danach platzte ein anderes im Unterarm –, das tat furchtbar weh, aber es war mitten im Gefecht, ich weinte nicht. Als ich im schlecht improvisierten Lazarett aus der Narkose aufwachte – die Nacht war inzwischen vergangen, ein langer Junitag, und es war schon wieder Abend –, als ich aufwachte und der junge Arzt mir so obenhin sagte: ›Also ich habe Ihnen ein gutes Stück vom Oberarm gerettet‹, auch da weinte ich nicht. Und jetzt, merkwürdig . . . Das Ausstrecken dieser fehlenden Hand und die Tränen . . .«

»Das war meine Schuld«, erklärte Walter. Er hatte den Oberkörper tief nach unten gebeugt und vergrub sein Gesicht in beide Hände. Seine nackten Füße waren blaugefroren; über dem Anzug trug er hochgeknöpft einen ausgefransten Mantel; er fror in der ungeheizten Kammer.

»Ich heiße Benjamin Giladi, nennen Sie mich jedoch Edi, Edi Rubin, das war mein Name, früher einmal. Viele Jahre war ich Flüchtling, nun lebe ich in Israel, wo ich vor drei Jahren diese Verletzung erlitten habe. Wenn es Sie interessiert, erzähle ich es Ihnen genau, wo, wann und wie . . . Eine sehr ernste Angelegenheit führte mich vor einigen Monaten hierher, ich meine: zu Ihrem Freund Albert Gerlan. Es handelte sich um einen gefährlichen Plan. Vor wenigen Tagen habe ich ihn aufgegeben, Gerlan weiß es noch nicht einmal. Sie sind der erste Mensch, dem ich es mitteile. – Ich habe den Doktor herbegleitet, weil ich ihn schätze, weil ich froh bin, ihm nützlich sein zu können.«

»Sprechen Sie nicht von ihm. Er existiert nicht

mehr für mich!« rief Walter aus. Er veränderte seine Stellung nicht, sein Gesicht blieb verborgen. Er glaubt, man sieht ihn nicht, weil er seine eigenen Augen verbirgt, dachte Edi. Er musterte den Raum. Außer der Matratze auf dem Boden gab es noch den blechernen Waschständer mit der angerosteten Schüssel, ein Kanonenöfchen, das sichtlich schon lange nicht mehr benutzt worden war, und in der Ecke, der Wand zugekehrt, einen weißen Holzstuhl.

Edi erhob sich, stieß auch den zweiten Fensterladen auf – es wurde hell in der Kammer. Unten stapfte Gerlan im Schnee auf und ab; er hob den Kopf, blickte zu ihm herauf und gab ihm durch einige Zeichen zu verstehen, daß er allein ins Dorf zurückkehren wolle.

Während er vom Fenster wegtrat, sagte Edi: »Wenn es Sie nicht stört, bleibe ich zwei Tage hier oben bei Ihnen in der Kammer.«

Er schloß das Fenster, legte Walter seinen Mantel um die Schultern und ging hinunter, um Brennholz zu holen.

Ein so angenehmer Weggenosse Rubin auch gewesen sein mochte, Albert fand es beglückend, jetzt allein zu sein. Obwohl der Abstieg ihm schwerer fiel als der Aufstieg am Morgen, empfand er ein kaum zu übertreffendes Vergnügen an dieser Anstrengung, an diesem Marsch durch den Schnee, zuerst in der wärmenden Sonne und, als sie hinter einer dunklen Wolkendecke verschwand, in der blitzschnell abgekühlten Luft, die bald eisig wurde.

In dieser Stunde war die Suche nach Walter endgültig abgeschlossen. Und auch die Kränkung – sie tat kaum noch weh. Walter hatte unrecht; sein Verhalten war nicht nur für Alberts Eitelkeit verletzend, es war überdies eine Verkennung der Wahrheit und eine erniedrigende Undankbarkeit.

Ja gewiß, das war so – doch fortab ohne Bedeutung, dachte Albert. Dorten brauchte und fand immer jemanden, der sich seiner annahm. Diesmal hatte er Glück: Edi war noch einsamer als er, ein ewig älterer Bruder, der einen verstorbenen Vater ersetzt. Und daß der Fremde ein »Krüppel« war, erleichterte dem verirrten, vom Gefühl der eigenen Nichtigkeit erdrückten Walter diese Beziehung, in der er sich hin und wieder einreden könnte, der Gebende zu sein.

Im Guten und im Schlechten hat, was die Menschen tun, mehr Sinn, größere Reichweite, als sie gewöhnlich ermessen können. Das sagte sich Albert jetzt lächelnd. Um der eigenen Einsamkeit zu entfliehen, hatte er sich an Rubin gewandt; er wollte in ihm einen Zuhörer finden, von ihm zugleich beklagt und gerechtfertigt werden. Deshalb ließ er sich von ihm auf der beschwerlichen Reise zur Kogelalm begleiten. Auch um die Scheu zu überwinden, die er vor dem Augenblick empfand, in dem er Walter gegenüberstehen würde.

Und nun war Edi oben bei Walter, der Fremde löste den alten Freund und Psychologen ab. Und über der Bemühung, den verlorenen Dorten in die Welt zurückzubringen, mochte Rubin aus Isreal den Nazimörder vergessen und vielleicht selbst Heilung finden von einer Verletzung, gegen die die Zeit bisher nichts vermocht hatte.

Albert erreichte die Sennhütte, doch machte er nicht halt, ihn zog es weiter zum Fichtenwald hinunter. In diesen Stunden der einsamen Wanderung, an deren Ende er seine Stadt und sein Haus wiederfinden wollte – während des ganzen Abstiegs empfand Albert ein Gefühl des Glücks, das ihn seit Jahren gemieden hatte. Es schien alle Gegensätze miteinander zu versöhnen: Gut war es, daß es ein so abgelegenes Haus gab wie das der Witwe Foraz; gut, daß es die Städte gab mit dem Menschengewimmel, das überall hindrang und Straßen, Bahnhöfe und alle Häuser anfüllte. Und es war gut, daß es die Menschen gab, auch den Berger und den Bille und den Franke.

Er erreichte die ersten Bäume, die wie eine kühne Vorhut etwa fünfzig Meter vor dem Wald aufgepflanzt waren – die höchsten im ganzen Gebirge. Bei ihnen ruhte sich Albert eine Weile aus, er lehnte sich an eine Fichte. Ihn erfüllte ein freudiges Vertrauen zu allem, was ist.